초등학생을 위한 기초 탄탄 학습서

두 자리 수
곱셈 완벽
마스터

99×99

마법의 빠른 연산법

저자 | **고노 겐토**   감수 | **김준** (EBS 수학강사)

일본 아마존
초특급
베스트셀러

초등학생도
암산 가능한
비법 수록

수학 머리가
생기는
인도식 계산법

EBS 김준쌤
강의 QR
무료 제공

서울문화사

머 리 말

고노 겐토

마음의 준비 하시고, 문제 나갑니다. 21 × 32는 얼마일까요?

펜과 종이를 준비하고 문제를 적으려는 친구들은 잠깐 동작 그만!
이 책에서 소개하는 방법을 쓰면 문제를 펜으로 받아 적지 않고 3초 만에 풀 수
있어요. 어려워 보이는 계산을 암산으로 뚝딱 풀면 얼마나 멋있을까요?

그 엄청난 계산법의 이름은 **마법의 연산법**!
바로 제가 생각해낸 계산법입니다.

인도식 계산법이라는 유명한 계산법이 있어요. 인도인들은 계산이 아주 빠르고
수학을 잘한다고 유명하거든요. 그런 인도인들이 사용하는 계산법입니다.

그런데 인도식 계산법은 푸는 방법이 여러 개 있고, 모든 문제에 적용하기는 어려워
요. 그래서 인도식 계산법을 훨씬 더 강력하게 만든 마법의 연산법을 만들었어요.
마법의 연산법을 쓰면 99 × 99까지의 곱셈을 누구나 술술 풀 수 있습니다!

두 자리 수 곱셈이 어려운 친구들도 이 책을 끝까지 따라가면
곱셈을 완벽 정복할 수 있어요!

저랑 같이 한번 해 볼까요?

축구를 할 때는 드리블과 패스가 기본이고, 나중에 슛 연습을 해야지요?
또, 요리를 할 때는 요리 손질이 기본입니다.
마찬가지로 수학을 할 때에는 기본 연산인 산수가 중요합니다. 산수 연습을 많이
해서 산수 때문에 수학 문제를 틀리지 않도록 해야 합니다.

연산은 초등학교 때 익숙해져야 합니다. 중학교, 고등학교에 진학해서 연산 실수가
잦으면 고치기가 매우 어렵답니다. 더 나아가 연산에 너무 시간이 오래 걸리지 않게
빠르게 푸는 연습도 중요합니다.

이 책을 통해 연산을 기본 단계부터 차근차근 연습하고, 나중에는 엄청 빠른 암산을
목표로 공부한다면 나중에는 더 어려운 수학 내용도 배워나가며 수학에 대한 흥미
를 더 키울 수 있으리라 생각합니다.

이 책과 함께 두 자리 수 곱셈에 익숙해지고 자신감을 키울 수 있기를 바랍니다.

마법의 연산법이란?
이렇게 대단해요!

곱셈을 손으로
적지 않아도
풀 수 있어요!

계산이
엄청나게
빨라져요!

어렵던 곱셈이
재밌어져요!

실수가
줄어요!

특별 출연!

집중력이
상승해요!

두뇌 트레이닝이
가능해요!

수학 점수가
쑥쑥 올라요!

이 책의 사용법

수학 울렁증이 있는 친구나 계산에 자신 없는 친구는
이 책을 처음부터 순서대로 도전하세요.

99 × 99까지 암산으로 풀 수 있는 방법을 바로 알고 싶은 친구는
14쪽과 30쪽을 먼저 봐도 좋아요.
하지만 방법만 알고 넘어가면 아깝잖아요. 연습 문제에 꼭 도전해 보세요.

계산을 남들보다 빠르게 하고 싶은 친구는
이 책에 나온 문제를 여러 번 반복해서 연습하고,
전체 암산에도 꼭 도전해 보세요.

계산법의 원리부터 알고 싶은 친구는
108쪽을 먼저 확인해요.

책의 내용이 어려운 친구는
아래 QR 코드를 촬영하여 강의 영상을 보세요.
마법의 연산법을 만든 고노 겐토와 EBS 김준쌤의 강의 영상을 같이 보면
훨씬 더 이해가 잘될 거예요.

고노 겐토의 강의 영상

김준쌤의 강의 영상

차 례

머리말 2

마법의 연산법이란? 4

이 책의 사용법 5

★ 마법의 연산법을 배우자!

(준비 운동 ①)
큰 자리 수부터 계산하기 8

받아올림이 있는 덧셈의 비결 10

레벨 1
마법의 연산법 14

(준비 운동 ②)
(두 자리 수)×(한 자리 수) 연습 26

레벨 2
1단계의 답이 두 자리 수인 경우 30

보너스 인도식 계산법 ❶ 58

★ 암산에 도전하자!

레벨 3

2단계만 암산하기 ······································· 60

레벨 4

마법의 연산법 암산하기 ························· 64

□의 수를 줄이기 ·································· 74

보너스 **인도식 계산법 2** ······················· 94

★ 마지막 관문을 통과하자!

마무리

최종 테스트 10회 ································ 96

보너스 **인도식 계산법 3** ····················· 106

보너스 **마법의 연산법의 원리** ················· 108

답 ·· 112

큰 자리 수부터 계산하기

덧셈이나 곱셈을 계산할 때 보통 일의 자리부터 계산하죠.
그런데 마법의 연산법은 큰 자리 수부터 계산합니다.
사실 계산이 빠른 사람들 중에는 큰 자리 수부터
계산하는 사람이 많아요. 그래서 마법의 연산법을
시작하기 전에 큰 자리 수부터 계산하는 연습을 먼저 해 볼게요.
간단한 덧셈을 해 볼까요?

영상으로
확인해요

$$15 + 3 = 1$$ 이렇게 쓴 다음,

$$15 + 3 = 18$$ 이렇게 씁니다.

다음 연습 문제를 풀며 큰 자리 수부터 계산하는 방법에 익숙해지도록 해요.

1 ▷ 연습 문제

① 24 + 4 =

⑤ 16 + 3 =

② 1 + 28 =

⑥ 3 + 54 =

③ 42 + 5 =

⑦ 33 + 2 =

④ 8 + 20 =

⑧ 6 + 81 =

답은 112쪽에 있어요. ➡

❶ 15 + 64 =

❷ 45 + 14 =

❸ 72 + 16 =

❹ 64 + 12 =

❺ 21 + 18 =

❻ 16 + 32 =

❼ 30 + 42 =

❽ 81 + 15 =

❾ 72 + 27 =

❿ 35 + 13 =

⑪ 12 + 16 =

⑫ 18 + 20 =

⑬ 24 + 25 =

⑭ 27 + 20 =

⑮ 30 + 32 =

⑯ 40 + 42 =

⑰ 32 + 51 =

⑱ 34 + 23 =

⑲ 35 + 64 =

⑳ 28 + 21 =

답은 112쪽에 있어요. ➡

받아올림이 있는 덧셈의 비결

받아올림이 있는 덧셈도 2단계만 알면 손으로 쓰지 않고 암산할 수 있어요. 받아올림이란 덧셈을 할 때 한 자리에서 더한 값이 10 이상이 되어 윗자리로 넘기는 과정을 의미합니다.

1단계 일의 자리끼리 더한 값이 10보다 크거나 같은 수가 되는지 확인하기

10보다 큰 수가 될 것 같아!

$$12 + 9 = 2$$

+ 1

일의 자리끼리 더한 값이 10보다 큰 수가 되면, 십의 자리에 1을 더한 값을 기억해요. 십의 자리는 1 + 1 = 2입니다.

2단계 일의 자리끼리 더할 때는 일의 자리만 생각하기

$$12 + 9 =$$

2 + 9 = 1

2 + 9의 값에서 일의 자리만 생각하세요. 2 + 9를 계산하면 일의 자리는 1이니까,

$$12 + 9 = 21$$

12 + 9의 답은 21입니다.

❶   4 + 36 =

❷ 54 +   8 =

❸   5 + 28 =

❹ 32 +   9 =

❺   8 + 72 =

❻   6 + 15 =

❼   2 + 58 =

❽ 42 +   8 =

❾ 49 +   5 =

❿ 12 +   9 =

⑪   8 + 63 =

⑫ 25 +   7 =

⑬ 16 +   4 =

⑭ 49 +   1 =

⑮ 18 +   3 =

⑯   7 + 54 =

일의 자리와 십의 자리를 더하지 않도록 주의해!
12+5를 했을 때 1과 5를 더해서 62가 되면 안 돼.

답은 112쪽에 있어요. ➡

2 ▷ 연습 문제

① 16 + 45 =

② 14 + 48 =

③ 35 + 25 =

④ 18 + 72 =

⑤ 35 + 56 =

⑥ 16 + 28 =

⑦ 14 + 18 =

⑧ 54 + 48 =

⑨ 25 + 27 =

⑩ 35 + 28 =

⑪ 16 + 24 =

⑫ 36 + 15 =

⑬ 45 + 45 =

⑭ 25 + 45 =

⑮ 12 + 49 =

⑯ 18 + 63 =

⑰ 72 + 18 =

⑱ 18 + 57 =

⑲ 29 + 29 =

⑳ 42 + 49 =

답은 112쪽에 있어요. ➡

❶ 34 + 56 =

❷ 16 + 45 =

❸ 42 + 28 =

❹ 35 + 27 =

❺ 48 + 54 =

❻ 45 + 28 =

❼ 24 + 27 =

❽ 56 + 64 =

❾ 18 + 36 =

❿ 54 + 16 =

⑪ 16 + 18 =

⑫ 71 + 88 =

⑬ 36 + 27 =

⑭ 15 + 16 =

⑮ 28 + 45 =

⑯ 16 + 64 =

⑰ 35 + 27 =

⑱ 63 + 18 =

⑲ 14 + 49 =

⑳ 63 + 72 =

답은 112쪽에 있어요. ➡

레벨 1 마법의 연산법

이제 마법의 연산법을 시작합니다.
구구단만 할 수 있다면 누구든 99×99까지의 곱셈을
암산으로 풀 수 있어요. 3단계만 기억하면 가능해요!
그럼 바로 마법의 3단계를 배워 볼까요?

영상으로
확인해요

단계 ① 십의 자리끼리 곱하기

$$2 \times 3$$

$$22 \times 31 = \boxed{6}\ \boxed{}\ \boxed{}$$

아직 22×31의
답이 아니야.

십의 자리끼리 곱하면 2×3=6이 됩니다.

단계 ② (밖×밖)+(안×안) 계산하기

$$22 \times 31 = \boxed{6}\ \boxed{8}\ \boxed{}$$

아직 22×31의
답이 아니야.

$$\boxed{2} + \boxed{6} = \boxed{8}$$

(밖×밖)
2×1

(안×안)
2×3

(밖×밖)은 2×1=2, (안×안)은 2×3=6.
더하면 8이 됩니다.

$$2 \times 1$$

$$2\,2 \times 3\,1 = \boxed{6\ 8\ \boxed{2}}$$

일의 자리끼리 곱하면 $2 \times 1 = 2$가 됩니다.

「마법의 연산법」 3단계 총정리

단계 ① 십의 자리끼리 곱하기

단계 ② (밖×밖)+(안×안) 계산하기

단계 ③ 일의 자리끼리 곱하기

$$2\,2 \times 3\,1 = 6\ 8\ 2$$

(안×안)
(밖×밖)

➡ 마법의 연산법의 원리를 알고 싶다면 108쪽을 먼저 확인해요.

1 ▷ 연습 문제

☐ 에 알맞은 숫자를 써 보세요.

▮ 단계 ①

2 × 1

①

2 4 × 1 1 =

아직 24×11의
답이 아니야.

▮ 단계 ②

2 4 × 1 1 = 2 ②

아직 24×11의
답이 아니야.

☐ + ☐ = ☐

(밖×밖)
2 × 1

(안×안)
4 × 1

▮ 단계 ③

4 × 1

③

2 4 × 1 1 = 2 6

2 + 4 = 6

(밖×밖)
2 × 1

(안×안)
4 × 1

답은 113쪽에 있어요. ➡

2 연습 문제

□ 에 알맞은 숫자를 써 보세요.

단계 ①

1×1

12 × 13 = ①

아직 12×13의
답이 아니야.

단계 ②

12 × 13 = 1 ②

아직 12×13의
답이 아니야.

□ + □ = □

(밖×밖)   (안×안)
1×3   2×1

단계 ③

2×3

12 × 13 = 1 5 ③

3 + 2 = 5

(밖×밖)   (안×안)
1×3   2×1

답은 113쪽에 있어요. ➡

☐ 에 알맞은 숫자를 써 보세요.

단 계 ①

$$33 × 12 = ☐☐☐$$ ①

아직 33×12의
답이 아니야.

단 계 ②

$$33 × 12 = 3☐☐$$ ②

아직 33×12의
답이 아니야.

$$☐ + ☐ = ☐$$

(밖×밖)   (안×안)
3×2   3×1

단 계 ③

$$33 × 12 = 39☐$$ ③

$$6 + 3 = 9$$

(밖×밖)   (안×안)
3×2   3×1

답은 113쪽에 있어요. ➡

☐ 에 알맞은 숫자를 써 보세요.

단계 ①

$$62 \times 11 = $$

① ☐ ☐ ☐

아직 62×11의
답이 아니야.

단계 ②

$$62 \times 11 = $$

6 ② ☐ ☐

아직 62×11의
답이 아니야.

☐ + ☐ = ☐

(밖×밖)   (안×안)
6×1   2×1

단계 ③

$$62 \times 11 = $$

6 8 ③ ☐

6 + 2 = 8

(밖×밖)   (안×안)
6×1   2×1

답은 113쪽에 있어요. ➡

☐ 에 알맞은 숫자를 써 보세요.

❶
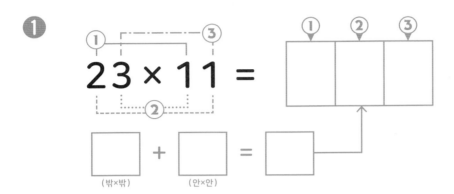

$$23 \times 11 =$$

☐ (밖×밖) + ☐ (안×안) = ☐

❷
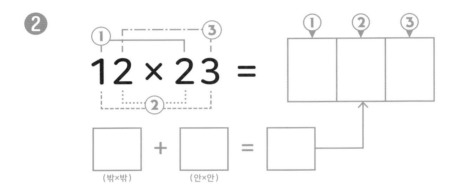

$$12 \times 23 =$$

☐ (밖×밖) + ☐ (안×안) = ☐

❸

$$31 \times 21 =$$

☐ (밖×밖) + ☐ (안×안) = ☐

답은 113쪽에 있어요. ➡

에 알맞은 숫자를 써 보세요.

①

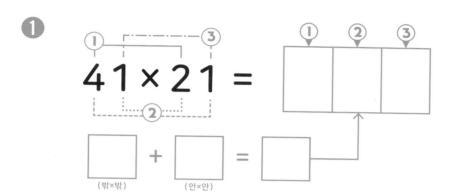

$$41 \times 21 =$$

☐ + ☐ = ☐
(밖×밖) (안×안)

②

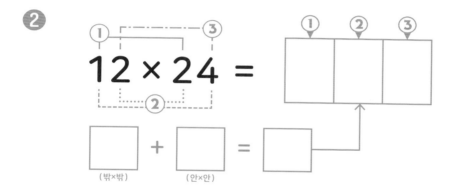

$$12 \times 24 =$$

☐ + ☐ = ☐
(밖×밖) (안×안)

③

$$35 \times 11 =$$

☐ + ☐ = ☐
(밖×밖) (안×안)

답은 113쪽에 있어요. ➡

에 알맞은 숫자를 써 보세요.

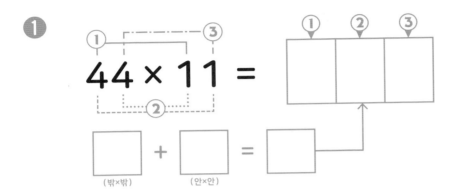

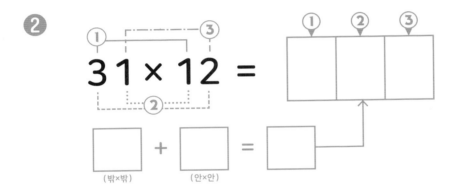

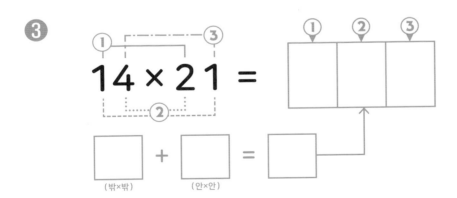

답은 113쪽에 있어요. ➡

□ 에 알맞은 숫자를 써 보세요.

1

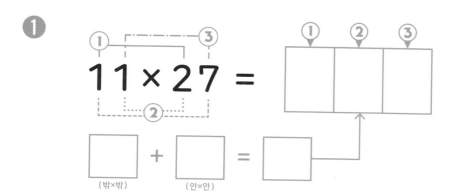

2

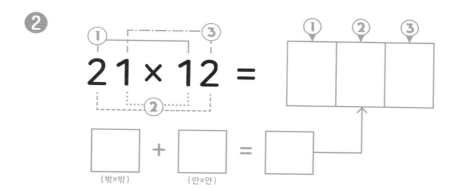

3

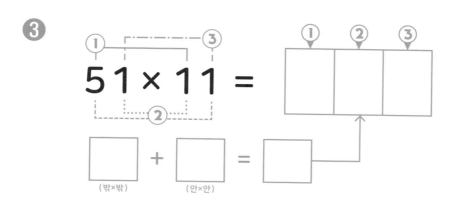

답은 114쪽에 있어요. ➡

에 알맞은 숫자를 써 보세요.

❶

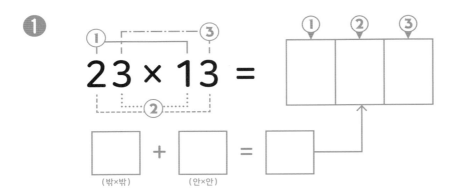

$$23 \times 13 =$$

☐ (밖×밖) + ☐ (안×안) = ☐

❷

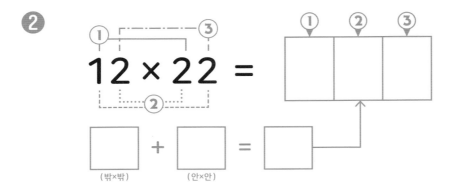

$$12 \times 22 =$$

☐ (밖×밖) + ☐ (안×안) = ☐

❸

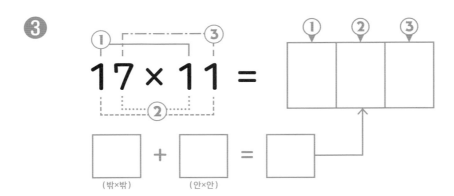

$$17 \times 11 =$$

☐ (밖×밖) + ☐ (안×안) = ☐

답은 114쪽에 있어요. ➡

10 연습 문제

□ 에 알맞은 숫자를 써 보세요.

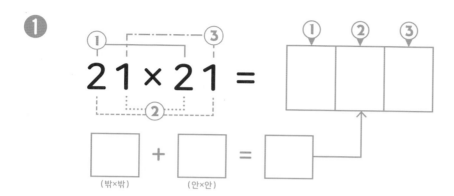

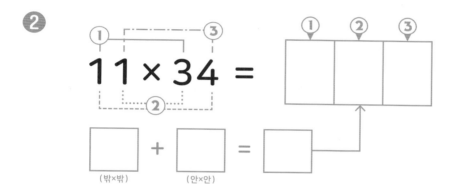

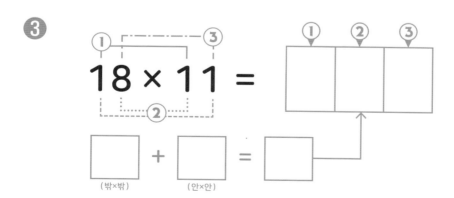

답은 114쪽에 있어요. ➡

준비 운동 ②
(두 자리 수)×(한 자리 수) 연습

이번에는 (두 자리 수)×(한 자리 수)입니다.

큰 자리 수부터 계산하는 연습을 해 보세요.

영상으로
확인해요

$$42 \times 8 =$$

먼저 일의 자리와 일의 자리를 곱한 답에서 십의 자리를 생각해 볼게요.

2 × 8의 답은 16이니까, 십의 자리는 1입니다.

$$4\boxed{2} \times \boxed{8} =$$

2 × 8 = $\boxed{1}$6

십의 자리는 1

이번에는 그 1을 십의 자리×일의 자리를 해서 나온 답에 더해 보세요.

4 × 8의 답에 1을 더하니까 33이 됩니다.

$$\boxed{4}2 \times \boxed{8} = 33$$

4 × 8 = 3 2 ⌐ +1

아직 42×8의
답이 아니야.

마지막으로 2×8을 해서 나온 답의 일의 자리를 적으세요.

$$42 \times 8 = 336$$

답을 적을 때는 큰 자리 수부터 적는다는 사실을
잊지 말도록 해.

연습 문제

① 21 × 3 =

② 47 × 2 =

③ 45 × 8 =

④ 61 × 7 =

⑤ 31 × 6 =

⑥ 18 × 2 =

⑦ 82 × 9 =

⑧ 67 × 2 =

⑨ 62 × 7 =

⑩ 42 × 5 =

⑪ 91 × 2 =

⑫ 61 × 3 =

⑬ 17 × 2 =

⑭ 91 × 3 =

⑮ 43 × 6 =

⑯ 63 × 2 =

⑰ 52 × 4 =

⑱ 87 × 2 =

⑲ 21 × 8 =

⑳ 73 × 5 =

답은 114쪽에 있어요. ➡

❶ 76 × 4 =

⓫ 54 × 8 =

❷ 89 × 3 =

⓬ 43 × 9 =

❸ 95 × 4 =

⓭ 86 × 4 =

❹ 34 × 5 =

⓮ 37 × 3 =

❺ 63 × 7 =

⓯ 23 × 9 =

❻ 64 × 5 =

⓰ 36 × 4 =

❼ 93 × 8 =

⓱ 14 × 7 =

❽ 56 × 4 =

⓲ 26 × 5 =

❾ 24 × 5 =

⓳ 38 × 4 =

❿ 29 × 3 =

⓴ 75 × 5 =

답은 114쪽에 있어요. ➡

3 연습 문제

① 28 × 9 =

② 57 × 7 =

③ 19 × 8 =

④ 48 × 7 =

⑤ 56 × 9 =

⑥ 49 × 6 =

⑦ 17 × 8 =

⑧ 29 × 5 =

⑨ 38 × 6 =

⑩ 35 × 8 =

⑪ 47 × 9 =

⑫ 15 × 8 =

⑬ 87 × 9 =

⑭ 36 × 8 =

⑮ 39 × 5 =

⑯ 17 × 6 =

⑰ 38 × 5 =

⑱ 48 × 6 =

⑲ 76 × 9 =

⑳ 19 × 5 =

답은 114쪽에 있어요. ➡

1단계의 답이 두 자리 수인 경우

마법의 연산법을 알면 11 × 11부터 99 × 99까지
3단계만에 답을 구할 수 있어요.

영상으로
확인해요

그럼,

$$99 \times 99 =$$

이 문제를 3단계로 풀어 보세요.

1단계는 십의 자리의 수 × 십의 자리의 수이니까

$$9 \times 9 = 81$$

앗, 답이 두 자리 수가 나왔네요.
어떻게 할까요?

1단계의 답이 두 자리 수인 경우는 계산을 어떻게 해야 하는지 설명해 줄게요.
안심하세요. 아주 간단하니까요.
지금까지 연습해 온 계산법에서 덧셈만 해 주면 돼요.

그럼 시작합니다.

십의 자리끼리 곱해서 나온 답을 ①에 적기

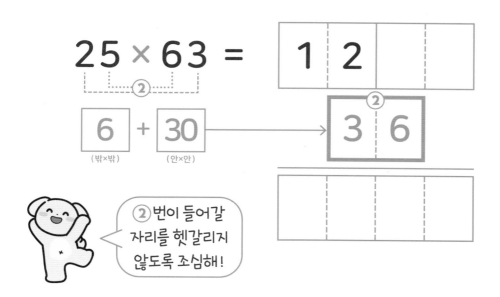

$25 \times 63 =$

| 1 | 2 | | |

답이 한 자리 수일 때는
왼쪽 칸에 0을 적어.

(밖×밖)+(안×안)을 해서 나온 답을 ②에 적기

$25 \times 63 =$

| 1 | 2 | | |

| 6 | + | 30 |
(밖×밖) (안×안)

→ | 3 | 6 |

②번이 들어갈
자리를 헷갈리지
않도록 조심해!

$25 \times 63 = $ | 1 | 2 | | |

여기도 아니고,

$25 \times 63 = $ | 1 | 2 | | |
| | | 3 | 6 |

여기도 아니야.

단 계 ③

일의 자리끼리 곱해서 나온 답을 ③에 적기

③

$25 \times 63 = $

| 1 | 2 | 1 | 5 |

| 3 | 6 |

마지막으로 같은 열의 숫자를 더하기

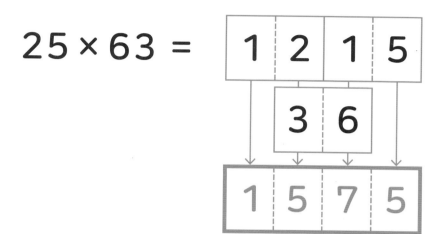

$25 \times 63 =$

익숙해지려면 반복만이 살 길!
이제 연습 문제를 풀어 보자.

단 계 **1** 와 단 계 **3** 의 답을 ☐ 에 써 보세요.

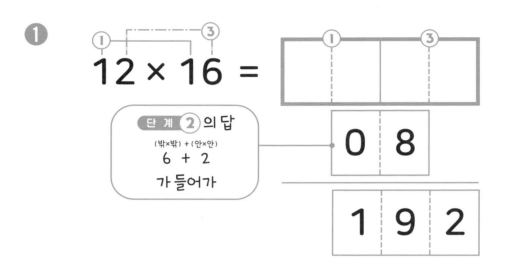

❶

① —— ③
12 × 16 =

단 계 **2** 의 답
(밖×밖) + (안×안)
6 + 2
가 들어가

→ 0 8

1 9 2

❷

① —— ③
42 × 35 =

2 6

1 4 7 0

답은 115쪽에 있어요. ➡

단계 **1** 와 단계 **3** 의 답을 □ 에 써 보세요.

①

$$22 \times 53 =$$

①		③	

1	6

1	1	6	6

②

$$73 \times 24 =$$

①		③	

3	4

1	7	5	2

답은 115쪽에 있어요. ➡

3 ▶ 연습 문제

단 계 ① 와 단 계 ③ 의 답을 ☐ 에 써 보세요.

❶

① ⌐──────③

$34 \times 26 =$

①	③

	2	6	

	8	8	4

❷

① ⌐──────③

$81 \times 32 =$

①	③

	1	9	

2	5	9	2

답은 115쪽에 있어요. ➡

단계 ① 와 단계 ③ 의 답을 [   ] 에 써 보세요.

① 47 × 36 =

4	5

1	6	9	2

② 54 × 83 =

4	7

4	4	8	2

답은 115쪽에 있어요. ➡

단 계 ②의 답을 ☐ 에 써 보세요.

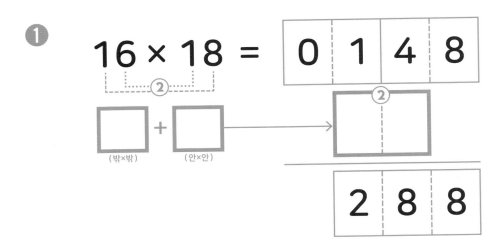

❶ 16 × 18 = 0 1 4 8

② ☐ + ☐ → ②
(밖×밖) (안×안)

2 8 8

❷ 37 × 11 = 0 3 0 7

② ☐ + ☐ → ②
(밖×밖) (안×안)

4 0 7

답은 115쪽에 있어요. ➡

단 계 ②의 답을 ☐에 써 보세요.

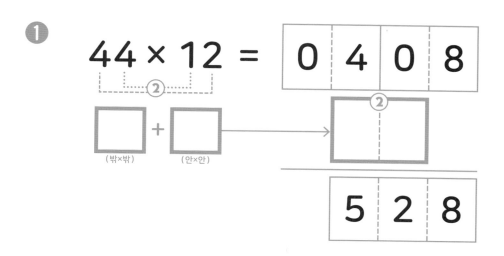

❶

$44 \times 12 =$

0	4	0	8

☐ + ☐
(밖×밖) (안×안)

②

5	2	8

❷

$15 \times 33 =$

0	3	1	5

☐ + ☐
(밖×밖) (안×안)

②

4	9	5

답은 115쪽에 있어요. ➡

7 연습 문제

단계 ② 의 답을 ☐ 에 써 보세요.

❶

$$26 \times 34 = \boxed{0 \mid 6 \mid 2 \mid 4}$$

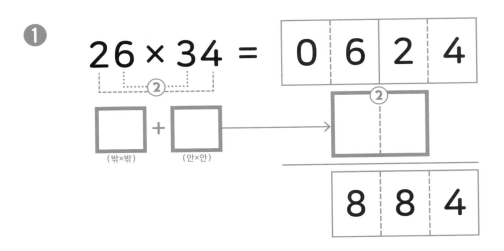

☐ (밖×밖) + ☐ (안×안) ⟶ ②☐

8 | 8 | 4

❷

$$25 \times 19 = \boxed{0 \mid 2 \mid 4 \mid 5}$$

☐ (밖×밖) + ☐ (안×안) ⟶ ②☐

4 | 7 | 5

답은 116쪽에 있어요. ➡

단계 ②의 답을 ☐ 에 써 보세요.

① 39 × 41 = | 1 | 2 | 0 | 9 |

☐ (밖×밖) + ☐ (안×안) ⟶ ② ☐

| 1 | 5 | 9 | 9 |

② 49 × 76 = | 2 | 8 | 5 | 4 |

☐ (밖×밖) + ☐ (안×안) ⟶ ② ☐

| 3 | 7 | 2 | 4 |

답은 116쪽에 있어요. ➡

9 연습 문제

□ 에 알맞은 숫자를 써 보세요.

단 계 ①

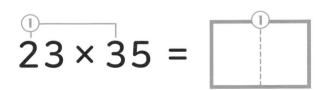

이 단계에서 답이 한 자리 수일 때는
왼쪽 칸에 'O'을 적어.

단 계 ②

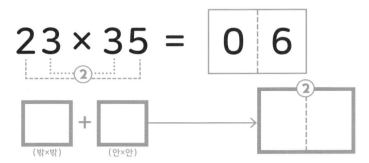

23 × 35 = | 0 | 6 |

（밖×밖）　＋　（안×안）

$23 \times 35 =$

0	6		③

10	+	9

	1	9

마 무 리

$23 \times 35 =$

0	6	1	5

1	9

답은 805가 나왔어.
한 문제 더 풀어 보자.

☐ 에 알맞은 숫자를 써 보세요.

단 계 ①

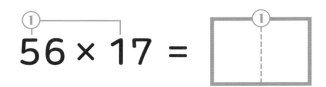

이 단계에서 답이 한 자리 수일 때는 왼쪽 칸에 '0'을 적어.

단 계 ②

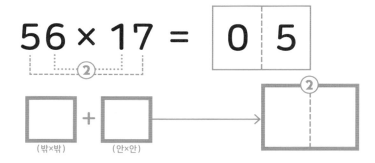

$$56 \times 17 = \boxed{0 \,|\, 5}$$

☐ + ☐ ⟶ ☐
(밖×밖) (안×안)

곱셈 자리를 네모 안에 바르게 맞추어 써 보자. 네모가 없어도 자리를 잘 생각하며 적어야 해.

$$56 \times 17 = \boxed{0 \mid 5 \mid }$$

$$\boxed{35} + \boxed{6}$$

$$\boxed{4 \mid 1}$$

마무리

$$56 \times 17 = \boxed{0 \mid 5 \mid 4 \mid 2}$$

$$\boxed{4 \mid 1}$$

$$\boxed{}$$

답은 952가 나왔어.

에 알맞은 숫자를 써 보세요.

❶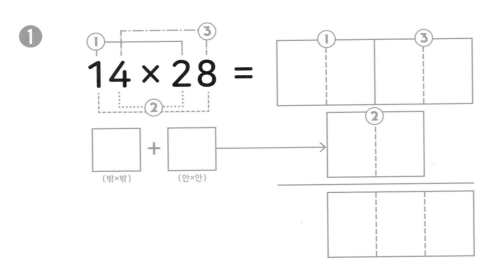

❷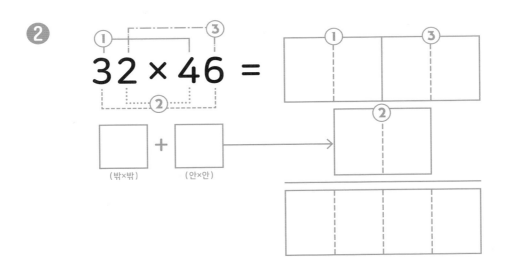

답은 116쪽에 있어요. ➡

12 연습 문제

□ 에 알맞은 숫자를 써 보세요.

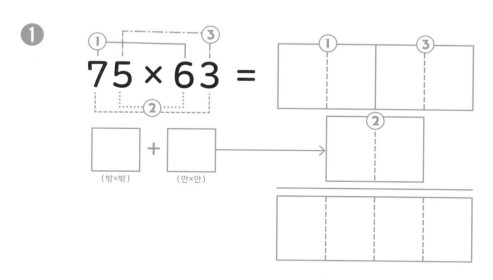

❶
75 × 63 =

□ + □
(밖×밖) (안×안)

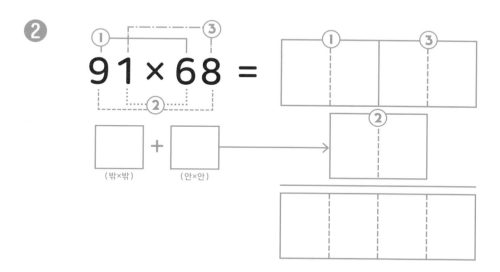

❷
91 × 68 =

□ + □
(밖×밖) (안×안)

답은 116쪽에 있어요. ➡

13 ▷ 연습 문제

에 알맞은 숫자를 써 보세요.

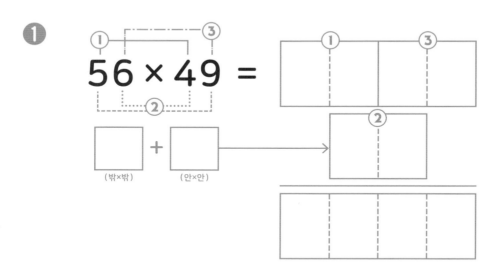

1 56 × 49 =

(밖×밖) + (안×안)

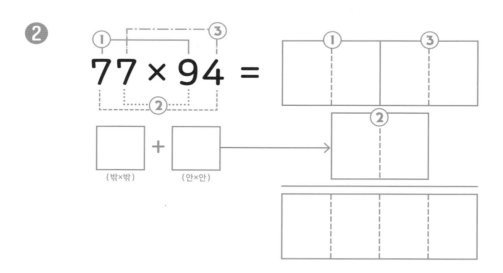

2 77 × 94 =

(밖×밖) + (안×안)

답은 116쪽에 있어요. ➡

48

에 알맞은 숫자를 써 보세요.

1

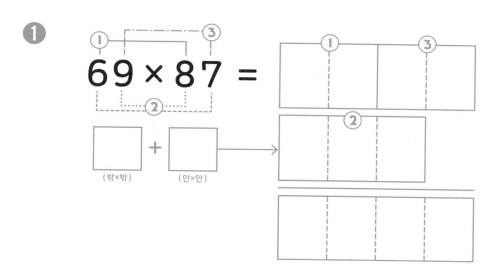

$69 \times 87 =$

(밖×밖) + (안×안)

2

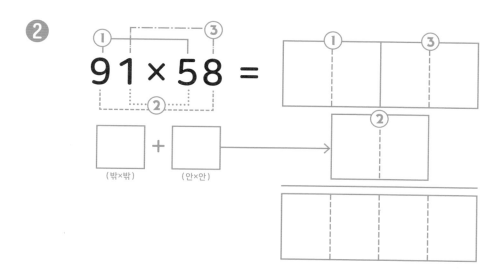

$91 \times 58 =$

(밖×밖) + (안×안)

답은 116쪽에 있어요. ➡

조금씩 설명을 줄일게요.
풀다가 막히면 앞에서 했던 설명을 다시 확인해 보세요.

❶
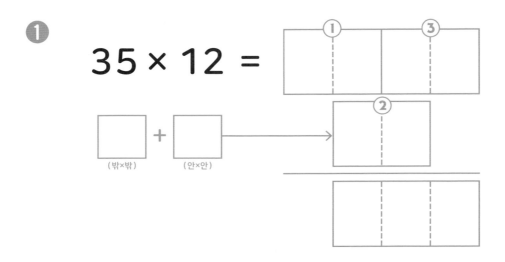

$$35 × 12 =$$

❷
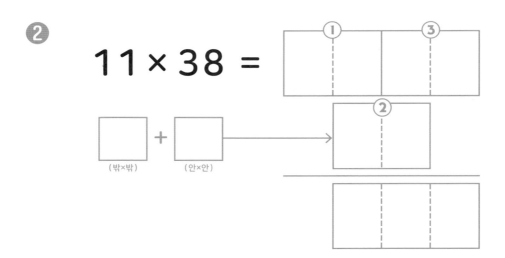

$$11 × 38 =$$

답은 117쪽에 있어요. ➡

조금씩 설명을 줄일게요.

풀다가 막히면 앞에서 했던 설명을 다시 확인해 보세요.

1

$$21 \times 95 =$$

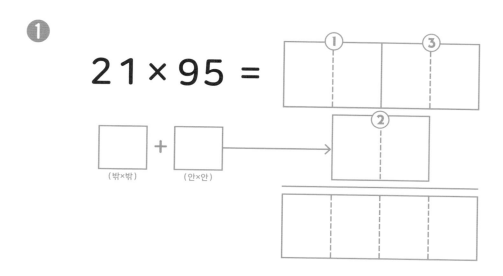

2

$$66 \times 43 =$$

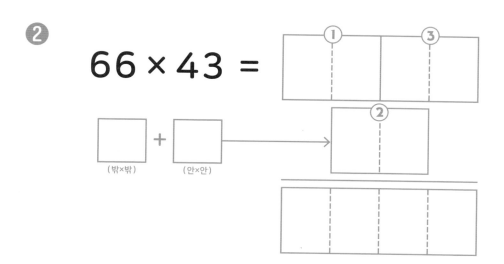

답은 117쪽에 있어요. ➡

조금씩 설명을 줄일게요.

풀다가 막히면 앞에서 했던 설명을 다시 확인해 보세요.

❶

$$22 \times 77 =$$

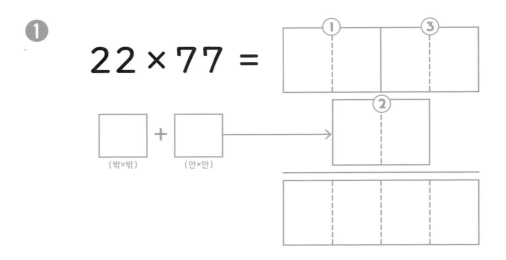

❷

$$13 \times 62 =$$

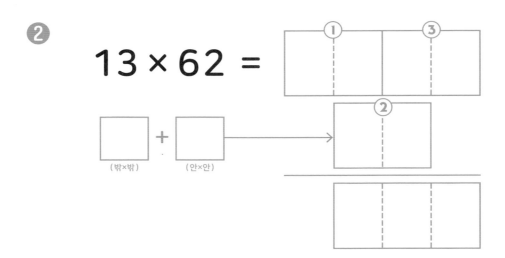

답은 117쪽에 있어요. ➡

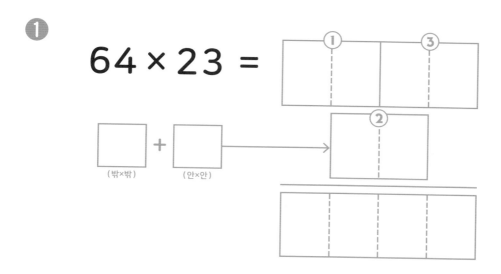

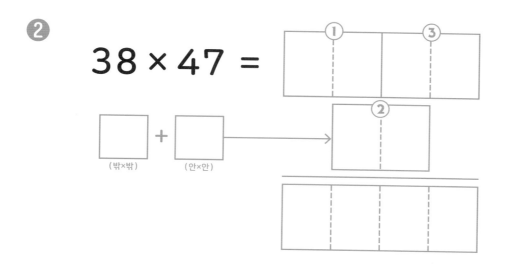

18 연습 문제

조금씩 설명을 줄일게요.

풀다가 막히면 앞에서 했던 설명을 다시 확인해 보세요.

❶

$$64 \times 23 =$$

(밖×밖) + (안×안)

❷

$$38 \times 47 =$$

(밖×밖) + (안×안)

답은 117쪽에 있어요. ➡

조금씩 설명을 줄일게요.

풀다가 막히면 앞에서 했던 설명을 다시 확인해 보세요.

❶ $28 \times 47 =$

□ + □

❷ $15 \times 84 =$

□ + □

답은 117쪽에 있어요. ➡

조금씩 설명을 줄일게요.

풀다가 막히면 앞에서 했던 설명을 다시 확인해 보세요.

1 54 × 27 =

☐ + ☐

2 88 × 19 =

☐ + ☐

답은 117쪽에 있어요. ➡

연습 문제

조금씩 설명을 줄일게요.
풀다가 막히면 앞에서 했던 설명을 다시 확인해 보세요.

❶ 45 × 67 =

❷ 21 × 32 =

답은 118쪽에 있어요. ➡

조금씩 설명을 줄일게요.
풀다가 막히면 앞에서 했던 설명을 다시 확인해 보세요.

❶

$$78 \times 91 =$$

❷

$$34 \times 56 =$$

답은 118쪽에 있어요. ➡

외우면 무조건 계산이 빨라진다!
인도식 계산법 **1**

인도식 계산법은 여러 가지 풀이법이 있어요. 인도식 계산법을 많이 알면 계산이 빨라지겠지만, 모든 인도식 계산법을 외우는 건 어렵겠죠. 그래서 꼭 외워 두면 좋은 인도식 계산법만 골라 하나씩 알려 줄게요.

인도식 계산법 **1**은 이럴 때 쓸 수 있어요!

> · 십의 자리의 수가 같은 경우
> · 일의 자리의 합이 10인 경우

두 가지 조건을 만족했다면 이렇게 계산하세요.

단계 **1** (십의 자리의 수) × (십의 자리의 수 + 1)

$$3\underline{4} \times 3\underline{6} = 12 \,\blacksquare\,\blacksquare$$

3 × (3 + 1)

> 아직 34×36의 답이 아니야.

단계 **2** (일의 자리의 수) × (일의 자리의 수)

$$34 \times 36 = 1224$$

4 × 6

마법의 연산법으로도 답을 구할 수 있어.
하지만 '인도식 계산법 **1**'을 알면 더 빠르게 풀 수 있어.

① 13 × 17 =

② 38 × 32 =

③ 61 × 69 =

④ 12 × 18 =

⑤ 25 × 25 =

⑥ 94 × 96 =

⑦ 15 × 15 =

⑧ 82 × 88 =

⑨ 14 × 16 =

⑩ 27 × 23 =

⑪ 49 × 41 =

⑫ 36 × 34 =

⑬ 68 × 62 =

⑭ 55 × 55 =

⑮ 67 × 63 =

⑯ 21 × 29 =

⑰ 83 × 87 =

⑱ 79 × 71 =

⑲ 54 × 56 =

⑳ 95 × 95 =

답은 118쪽에 있어요. ➡

2단계만 암산하기

마법의 연산법에 익숙해졌나요?

(두 자리 수) X (두 자리 수) 암산에 도전하기 전에

마법의 연산법 중 두 번째 단계만 암산하는 연습을 해 볼게요.

영상으로
확인해요

1 ▶ 연습 문제

░░░ 에는 숫자를 써 넣지 말고 답을 구하는 연습을 해 보세요.

하지만 어려우면 숫자를 써 넣어도 괜찮아요.

1

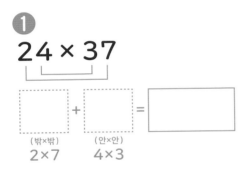

$$24 \times 37$$

	+		=	

(밖×밖) (안×안)
2×7   4×3

3

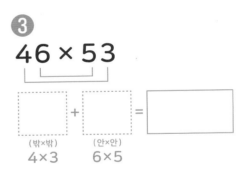

$$46 \times 53$$

	+		=	

(밖×밖) (안×안)
4×3   6×5

2

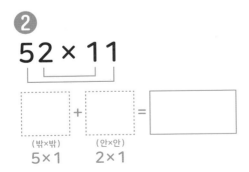

$$52 \times 11$$

	+		=	

(밖×밖) (안×안)
5×1   2×1

4

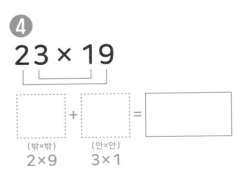

$$23 \times 19$$

	+		=	

(밖×밖) (안×안)
2×9   3×1

답은 118쪽에 있어요. ➡

2 ▷ 연습 문제

☐ 에 숫자를 써 넣지 말고 답을 구하는 연습을 해 보세요.
하지만 어려우면 숫자를 써 넣어도 괜찮아요.

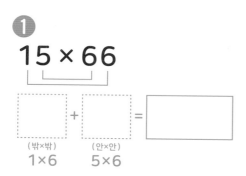

❶
15 × 66

☐ + ☐ = ☐
(밖×밖)   (안×안)
1×6   5×6

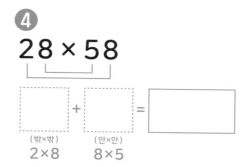

❹
28 × 58

☐ + ☐ = ☐
(밖×밖)   (안×안)
2×8   8×5

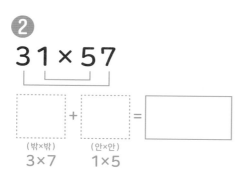

❷
31 × 57

☐ + ☐ = ☐
(밖×밖)   (안×안)
3×7   1×5

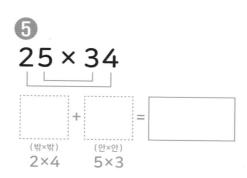

❺
25 × 34

☐ + ☐ = ☐
(밖×밖)   (안×안)
2×4   5×3

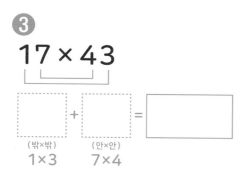

❸
17 × 43

☐ + ☐ = ☐
(밖×밖)   (안×안)
1×3   7×4

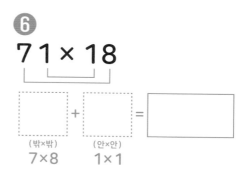

❻
71 × 18

☐ + ☐ = ☐
(밖×밖)   (안×안)
7×8   1×1

답은 118쪽에 있어요. ➡

에 숫자를 써 넣지 말고 답을 구하는 연습을 해 보세요.
하지만 어려우면 숫자를 써 넣어도 괜찮아요.

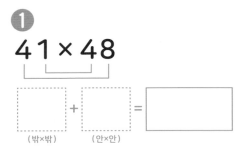

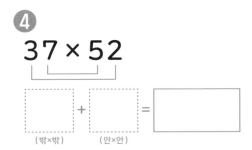

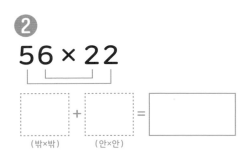

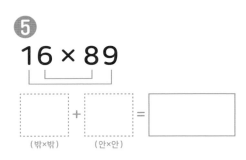

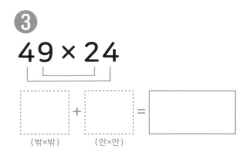

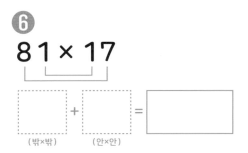

답은 119쪽에 있어요. ➡

연습 문제

:::: 에 숫자를 써 넣지 말고 답을 구하는 연습을 해 보세요.

하지만 어려우면 숫자를 써 넣어도 괜찮아요.

❶
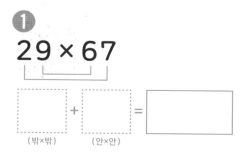

❹
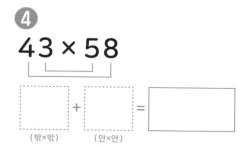

❷
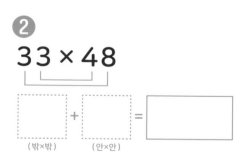

❺
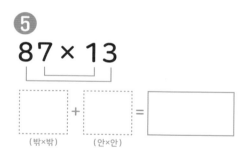

❸
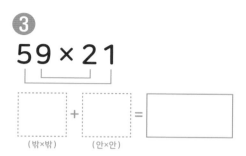

❻
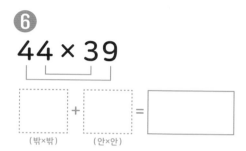

답은 119쪽에 있어요. ➡

이제 암산에 도전할 시간입니다!

마법의 연산법을 최대한 암산으로 해 볼게요.

영상으로
확인해요

그런데 네 자리나 되는 답을 갑자기 구하려면 힘들잖아요.

더하는 곳을 2개로 나누는 것이 중요해요.

먼저 천의 자리와 백의 자리를 생각하고,

그리고 십의 자리와 일의 자리를 생각하는 거예요.

예를 들어 43 × 52는 어떻게 암산할까요?

먼저 2단계의 답을 암산해서 ②에 적거나 기억해요.

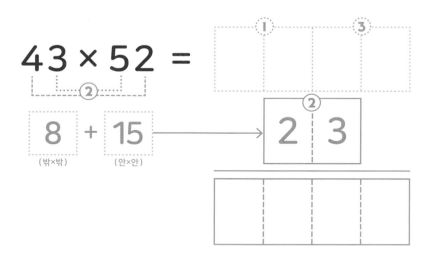

다음으로 천의 자리와 백의 자리를 생각해 볼게요.

1단계의 답과 2단계의 십의 자리를 더해서 구할 수 있어요.

1단계의 답은 쓰지 말고 머릿속으로 암산을 해서 답을 적어 보세요.

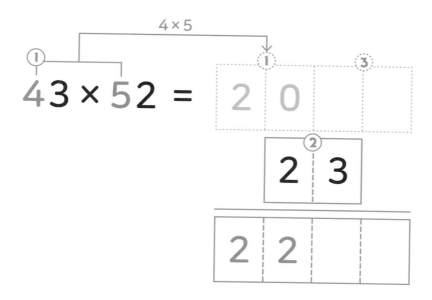

4×5

$43 \times 52 =$

이번에는 십의 자리와 일의 자리를 생각해 볼게요.

이것은 3단계의 답과 2단계의 일의 자리를 더해서 구할 수 있어요.

3단계의 답은 쓰지 말고 머릿속으로 암산을 해 보세요.

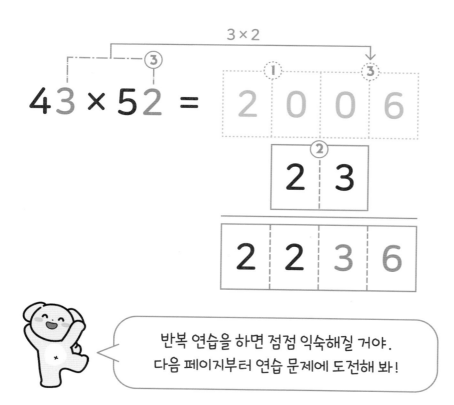

3×2

$43 \times 52 =$

반복 연습을 하면 점점 익숙해질 거야.
다음 페이지부터 연습 문제에 도전해 봐!

□ 에 숫자를 써 넣지 말고 답을 구하는 연습을 해 보세요.

하지만 어려우면 숫자를 써 넣어도 괜찮아요.

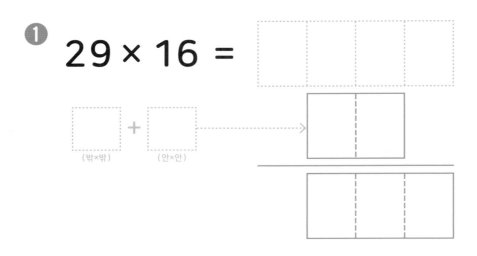

❶ 29 × 16 =

(밖×밖) + (안×안)

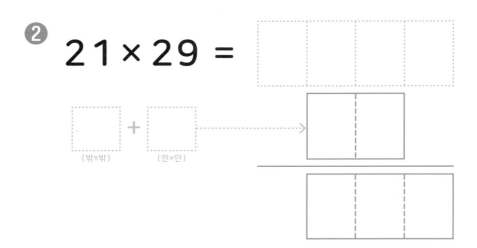

❷ 21 × 29 =

(밖×밖) + (안×안)

답은 119쪽에 있어요. ➡

2 ▷ 연습 문제

▢ 에 숫자를 써 넣지 말고 답을 구하는 연습을 해 보세요.

하지만 어려우면 숫자를 써 넣어도 괜찮아요.

1 26 × 71 =

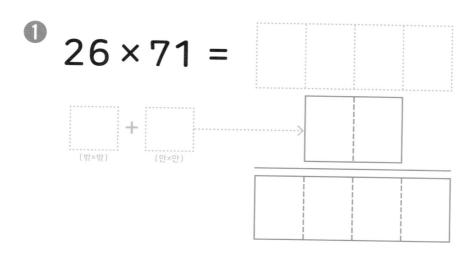

2 88 × 35 =

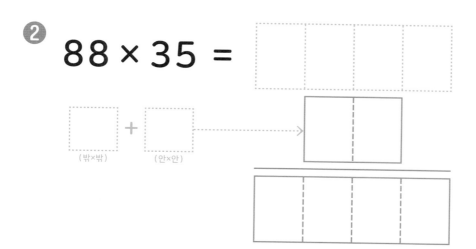

답은 119쪽에 있어요. ➡

☐ 에 숫자를 써 넣지 말고 답을 구하는 연습을 해 보세요.
하지만 어려우면 숫자를 써 넣어도 괜찮아요.

❶ 34 × 55 =

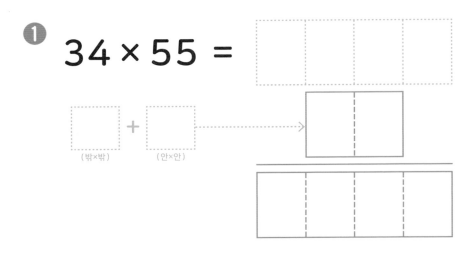

(밖×밖) + (안×안)

❷ 32 × 74 =

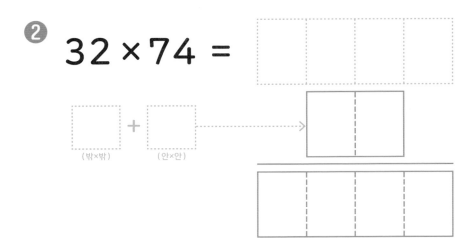

(밖×밖) + (안×안)

답은 119쪽에 있어요. ➡

에 숫자를 써 넣지 말고 답을 구하는 연습을 해 보세요.
하지만 어려우면 숫자를 써 넣어도 괜찮아요.

❶ 93 × 56 =

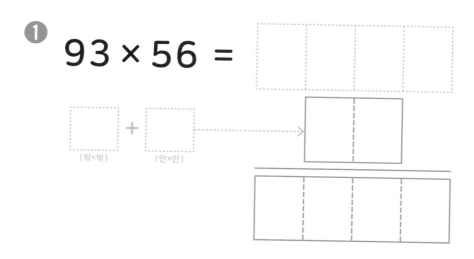

❷ 78 × 29 =

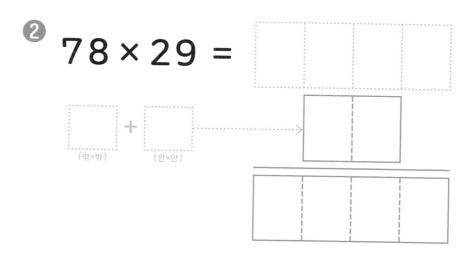

답은 120쪽에 있어요. ➡

에 숫자를 써 넣지 말고 답을 구하는 연습을 해 보세요.
하지만 어려우면 숫자를 써 넣어도 괜찮아요.

❶ 45 × 63 =

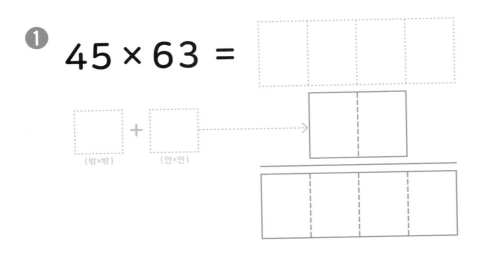

(밖×밖) + (안×안)

❷ 14 × 76 =

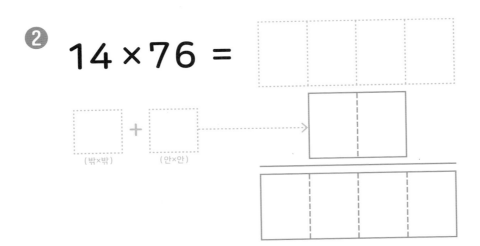

(밖×밖) + (안×안)

답은 120쪽에 있어요. ➡

☐☐ 에 숫자를 써 넣지 말고 답을 구하는 연습을 해 보세요.
하지만 어려우면 숫자를 써 넣어도 괜찮아요.

①
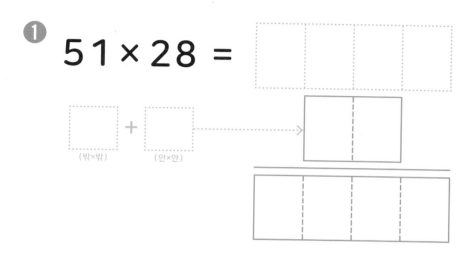

51 × 28 =

(밖×밖) + (안×안)

②
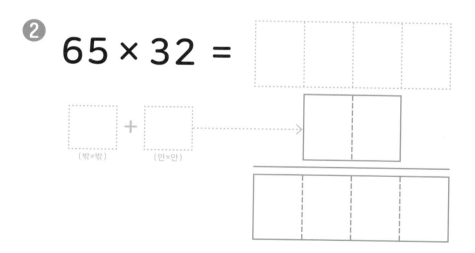

65 × 32 =

(밖×밖) + (안×안)

답은 120쪽에 있어요. ➡

☐에 숫자를 써 넣지 말고 답을 구하는 연습을 해 보세요.

하지만 어려우면 숫자를 써 넣어도 괜찮아요.

❶ 54 × 37 =
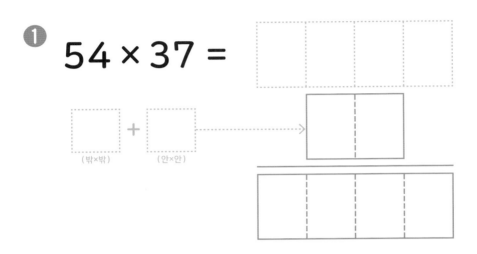

(밖×밖) + (안×안)

❷ 84 × 56 =
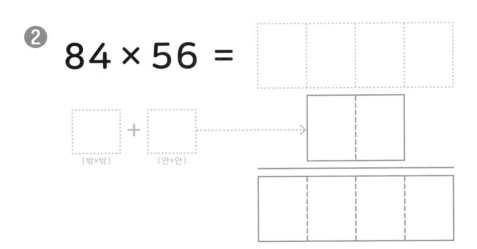

(밖×밖) + (안×안)

답은 120쪽에 있어요. ➡

에 숫자를 써 넣지 말고 답을 구하는 연습을 해 보세요.
하지만 어려우면 숫자를 써 넣어도 괜찮아요.

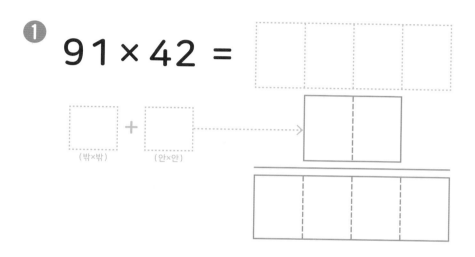

① 91 × 42 =

(밖×밖) + (안×안)

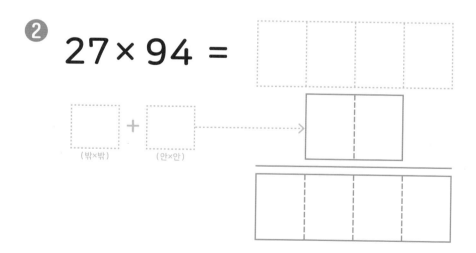

② 27 × 94 =

(밖×밖) + (안×안)

답은 120쪽에 있어요. ➡

암산 연습을 위해 이번에는  를 지울게요.

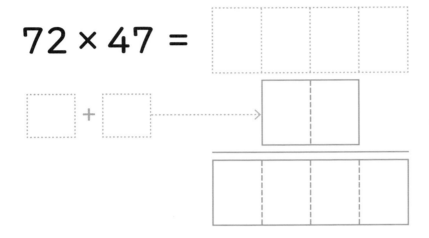

그리고, 답이 문제의 옆자리에 오도록 이동했습니다.

계산하는 방법은 똑같아요.

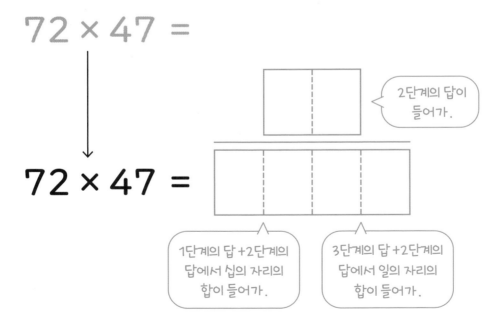

다음 페이지부터 연습해 보세요.

❶

72 × 47 =

❷

19 × 88 =

❸

92 × 36 =

답은 120쪽에 있어요. ➡

2 연습 문제

1 $58 \times 31 =$

2 $62 \times 19 =$

3 $21 \times 63 =$

답은 121쪽에 있어요. ➡

❶

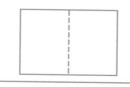

$45 \times 72 =$

❷

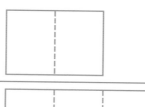

$12 \times 79 =$

❸

$64 \times 89 =$

답은 121쪽에 있어요. ➡

①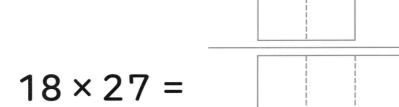

18 × 27 =

②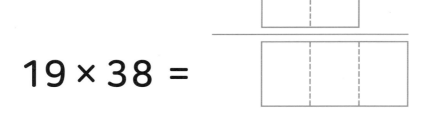

19 × 38 =

③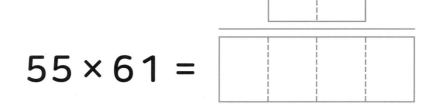

55 × 61 =

답은 121쪽에 있어요. ➡

❶

94 × 26 =

❷

51 × 74 =

❸

62 × 63 =

답은 121쪽에 있어요. ➡

6 연습 문제

❶

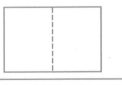

47 × 81 =

❷

33 × 29 =

❸

76 × 14 =

답은 121쪽에 있어요. ➡

❶
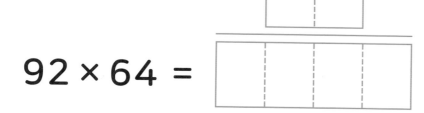

$$92 \times 64 =$$

❷
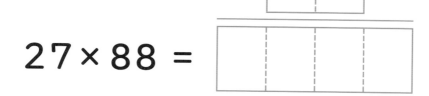

$$27 \times 88 =$$

❸
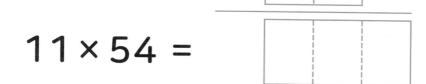

$$11 \times 54 =$$

답은 121쪽에 있어요. ➡

①

$$58 \times 91 =$$

②

$$73 \times 55 =$$

③

$$14 \times 79 =$$

답은 121쪽에 있어요. ➡

9 ▸ 연습 문제

①

$$18 \times 34 =$$

②

$$31 \times 42 =$$

③

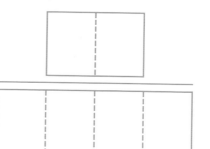

$$86 \times 22 =$$

답은 122쪽에 있어요. ➡

연습 문제

암산을 연습하기 위해 이번에는 2단계를 지울게요. ☐ 에 숫자를 써 넣지 말고
답을 구하는 연습을 해 보세요. 하지만 어려우면 숫자를 써 넣어도 괜찮아요.

❶

$13 \times 15 =$

❷

$99 \times 16 =$

❸

$36 \times 92 =$

답은 122쪽에 있어요. ➡

암산을 연습하기 위해 이번에는 2단계를 지울게요. ☐ 에 숫자를 써 넣지 말고
답을 구하는 연습을 해 보세요. 하지만 어려우면 숫자를 써 넣어도 괜찮아요.

❶

$$26 \times 73 =$$

❷

$$61 \times 47 =$$

❸

$$93 \times 11 =$$

답은 122쪽에 있어요. ➡

12 연습 문제

암산을 연습하기 위해 이번에는 2단계를 지울게요. ☐ 에 숫자를 써 넣지 말고
답을 구하는 연습을 해 보세요. 하지만 어려우면 숫자를 써 넣어도 괜찮아요.

❶

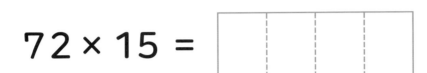

$72 \times 15 =$

❷

$64 \times 92 =$

❸

$29 \times 33 =$

답은 122쪽에 있어요. ➡

암산을 연습하기 위해 이번에는 2단계를 지울게요. ☐ 에 숫자를 써 넣지 말고
답을 구하는 연습을 해 보세요. 하지만 어려우면 숫자를 써 넣어도 괜찮아요.

1

83 × 18 =

2

12 × 59 =

3

41 × 99 =

답은 122쪽에 있어요. ⇒

14 연습 문제

암산을 연습하기 위해 이번에는 2단계를 지울게요. ▯ 에 숫자를 써 넣지 말고
답을 구하는 연습을 해 보세요. 하지만 어려우면 숫자를 써 넣어도 괜찮아요.

①

$$54 \times 78 =$$

②

$$19 \times 72 =$$

③

$$34 \times 28 =$$

답은 122쪽에 있어요. ➡

암산을 연습하기 위해 이번에는 2단계를 지울게요. ☐에 숫자를 써 넣지 말고
답을 구하는 연습을 해 보세요. 하지만 어려우면 숫자를 써 넣어도 괜찮아요.

❶

$$34 \times 31 =$$

❷

$$22 \times 23 =$$

❸

$$17 \times 16 =$$

답은 122쪽에 있어요. ➡

암산을 연습하기 위해 이번에는 2단계를 지울게요. ⬚ 에 숫자를 써 넣지 말고
답을 구하는 연습을 해 보세요. 하지만 어려우면 숫자를 써 넣어도 괜찮아요.

❶

$$57 \times 52 = $$

❷

$$62 \times 63 = $$

❸

$$43 \times 45 = $$

답은 123쪽에 있어요. ➡

암산을 연습하기 위해 이번에는 2단계를 지울게요. □ 에 숫자를 써 넣지 말고
답을 구하는 연습을 해 보세요. 하지만 어려우면 숫자를 써 넣어도 괜찮아요.

❶

$$87 \times 82 = $$

❷

$$73 \times 76 = $$

❸

$$29 \times 24 = $$

답은 123쪽에 있어요. ➡

암산을 연습하기 위해 이번에는 2단계를 지울게요. ☐ 에 숫자를 써 넣지 말고
답을 구하는 연습을 해 보세요. 하지만 어려우면 숫자를 써 넣어도 괜찮아요.

❶

$76 \times 83 =$

❷

$53 \times 14 =$

❸

$89 \times 22 =$

답은 123쪽에 있어요. ➡

연습 문제

암산을 연습하기 위해 이번에는 2단계를 지울게요. ⬚에 숫자를 써 넣지 말고
답을 구하는 연습을 해 보세요. 하지만 어려우면 숫자를 써 넣어도 괜찮아요.

❶

$17 \times 56 =$

❷

$48 \times 91 =$

❸

$21 \times 86 =$

답은 123쪽에 있어요. ➡

외우면 무조건 계산이 빨라진다!
인도식 계산법 ❷

인도식 계산법의 또 다른 방법도 소개할게요. 외운 만큼 계산이 빨라집니다.
인도식 계산법 ❷는 이럴 때 쓸 수 있어요!

- 일의 자리가 같은 경우
- 십의 자리의 합이 10인 경우

두 가지 조건을 만족했다면 이렇게 계산하세요.

단 계 ① 〔십의 자리의 수〕 × 〔십의 자리의 수〕 + 〔일의 자리의 수〕

$$7\underline{2} \times 3\underline{2} = 23 \;\blacksquare\;\blacksquare$$

$$7 \times 3 + 2$$

> 아직 72×32의
> 답이 아니야.

단 계 ② 〔일의 자리의 수〕 × 〔일의 자리의 수〕

$$7\underline{2} \times 3\underline{2} = 23\,04$$

$$2 \quad \times \quad 2$$

> 2단계의 답이 한 자리 수일 때는
> 십의 자리에 0을 잊지 말고 써야 해.

연습 문제

> 일의 자리가 서로 같고, 십의 자리의 숫자의 합이
> 10이 맞는지 확인하고 풀어 보자!

① 11 × 91 =

② 33 × 73 =

③ 27 × 87 =

④ 54 × 54 =

⑤ 96 × 16 =

⑥ 72 × 32 =

⑦ 59 × 59 =

⑧ 83 × 23 =

⑨ 41 × 61 =

⑩ 18 × 98 =

⑪ 52 × 52 =

⑫ 69 × 49 =

⑬ 87 × 27 =

⑭ 44 × 64 =

⑮ 15 × 95 =

⑯ 62 × 42 =

⑰ 26 × 86 =

⑱ 31 × 71 =

⑲ 38 × 78 =

⑳ 43 × 63 =

답은 123쪽에 있어요. ➡

❶ 31 × 49　=

❷ 25 × 68　=

❸ 59 × 36　=

❹ 27 × 41　=

❺ 86 × 52　=

❻ 12 × 75　=

❼ 37 × 63　=

❽ 14 × 42　=

❾ 92 × 31　=

❿ 74 × 85　=

답은 124쪽에 있어요. ➡

최종 테스트 ❷
(1문제당 10점)

1회차	월 일	2회차	월 일	3회차	월 일
	분 초		분 초		분 초
	점 / 100점		점 / 100점		점 / 100점

❶ $51 \times 93 =$

❷ $35 \times 47 =$

❸ $15 \times 73 =$

❹ $68 \times 29 =$

❺ $82 \times 54 =$

❻ $63 \times 24 =$

❼ $77 \times 36 =$

❽ $56 \times 19 =$

❾ $39 \times 71 =$

❿ $21 \times 68 =$

답은 124쪽에 있어요. ➡

최종 테스트 ❸
(1문제당 10점)

1회차	월 일		2회차	월 일		3회차	월 일
	분 초			분 초			분 초
	점 / 100점			점 / 100점			점 / 100점

❶ $92 \times 15 =$

❻ $52 \times 76 =$

❷ $19 \times 86 =$

❼ $91 \times 22 =$

❸ $57 \times 34 =$

❽ $69 \times 47 =$

❹ $18 \times 57 =$

❾ $43 \times 59 =$

❺ $46 \times 39 =$

❿ $95 \times 38 =$

답은 124쪽에 있어요. ➡

❶ $28 \times 63 =$

❷ $31 \times 88 =$

❸ $26 \times 41 =$

❹ $84 \times 33 =$

❺ $47 \times 14 =$

❻ $16 \times 87 =$

❼ $53 \times 21 =$

❽ $38 \times 92 =$

❾ $71 \times 44 =$

❿ $65 \times 29 =$

답은 124쪽에 있어요. ➡

최종 테스트 ⑤
(1문제당 10점)

1 회차	월	일
	분	초
	점 / 100점	

2 회차	월	일
	분	초
	점 / 100점	

3 회차	월	일
	분	초
	점 / 100점	

❶ $47 \times 25 =$

❻ $96 \times 51 =$

❷ $32 \times 19 =$

❼ $15 \times 87 =$

❸ $21 \times 94 =$

❽ $69 \times 14 =$

❹ $68 \times 73 =$

❾ $81 \times 32 =$

❺ $58 \times 46 =$

❿ $23 \times 67 =$

답은 124쪽에 있어요. ➡

최종 테스트 ❻
(1문제당 10점)

❶ 42×76 =

❷ 51×38 =

❸ 37×92 =

❹ 84×21 =

❺ 49×35 =

❻ 71×64 =

❼ 52×69 =

❽ 29×41 =

❾ 46×57 =

❿ 93×74 =

답은 124쪽에 있어요. ➡

❶ 16 × 83 =

❻ 27 × 46 =

❷ 86 × 19 =

❼ 38 × 59 =

❸ 35 × 92 =

❽ 92 × 43 =

❹ 74 × 31 =

❾ 19 × 88 =

❺ 63 × 52 =

❿ 63 × 74 =

답은 124쪽에 있어요. ➡

최종 테스트 ⑧

(1문제당 10점)

1회차	월 일	2회차	월 일	3회차	월 일
	분 초		분 초		분 초
	점 / 100점		점 / 100점		점 / 100점

❶ 45 × 67 =

❷ 23 × 89 =

❸ 78 × 56 =

❹ 34 × 21 =

❺ 89 × 12 =

❻ 27 × 43 =

❼ 43 × 65 =

❽ 54 × 32 =

❾ 12 × 35 =

❿ 96 × 35 =

답은 125쪽에 있어요. ➡

❶ $47 \times 66 =$

❻ $84 \times 65 =$

❷ $23 \times 89 =$

❼ $29 \times 47 =$

❸ $91 \times 24 =$

❽ $38 \times 52 =$

❹ $36 \times 79 =$

❾ $62 \times 31 =$

❺ $72 \times 56 =$

❿ $83 \times 42 =$

답은 125쪽에 있어요. ➡

최종 테스트 10

(1문제당 10점)

❶ 57 × 68 =

❻ 53 × 79 =

❷ 48 × 25 =

❼ 61 × 48 =

❸ 39 × 73 =

❽ 34 × 72 =

❹ 28 × 53 =

❾ 94 × 86 =

❺ 66 × 92 =

❿ 51 × 52 =

답은 125쪽에 있어요. ➡

외우면 무조건 계산이 빨라진다!
인도식 계산법 ❸

인도식 계산법의 다른 방법도 소개할게요. 외운 만큼 계산이 빨라집니다.

인도식 계산법 ❸은 이럴 때 쓸 수 있어요!

> · 십의 자리의 수가 같은 경우
> · 일의 자리의 합이 10이 아닌 경우

두 가지 조건을 만족했다면 이렇게 계산하세요.

단 계 ① (첫 번째 수 + 두 번째 수의 일의 자리) × (두 번째 수의 십의 자리)

$$32 \times 39 = 123$$

$(32 + 9) \times 3 \longrightarrow ①$

아직 32×39의 답이 아니야.

단 계 ② (일의 자리) × (일의 자리)

$$32 \times 39 = 123$$

$2 \times 9 \longrightarrow ② \longrightarrow 18$

마무리 같은 열의 수끼리 더하기

$$32 \times 39 = 123$$
$$18$$
$$\overline{1248}$$

십의 자리의 숫자가 서로 같고, 일의 자리의 합이
10이 아닌지 확인하고 풀어 보자!

암산이 어려우면 앞에 나온 설명을 보면서 답을 적으며 풀어 보세요.

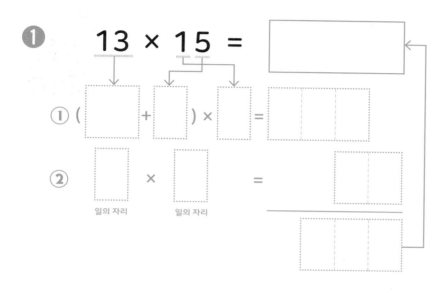

❶ 13 × 15 =

① (□ + □) × □ = □□

② □ × □ = □□
　일의 자리　　일의 자리

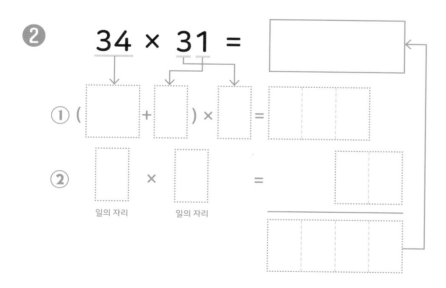

❷ 34 × 31 =

① (□ + □) × □ = □□

② □ × □ = □□
　일의 자리　　일의 자리

답은 125쪽에 있어요. ➡

보너스 마법의 연산법의 원리

마법의 연산법을 만든 원리를 공개합니다!
직사각형의 넓이를 이용해서 설명할게요. 곱셈의 답은
직사각형의 넓이라고 생각하면 돼요. 예를 들어 28×74의 답은
세로 28, 가로 74인 직사각형의 넓이와 같아요.

영상으로
확인해요

```
          74
  ┌──────────────────┐
  │                  │
28│                  │
  │                  │
  └──────────────────┘
```

직사각형의 세로 28을 20과 8로 나눌게요. 마찬가지로 가로 74는 70과 4로 나누
고요.

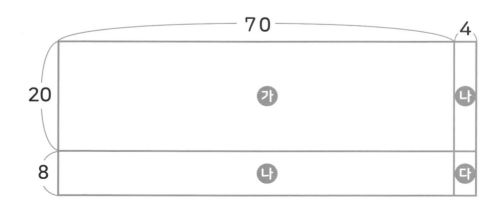

그러면 세로 28과 가로 74의 직사각형의 넓이는 이런 식으로 구할 수 있어요.

28×74

= 가의 넓이 + 나의 넓이 + 다의 넓이

$= (20 \times 70) + (8 \times 70 + 20 \times 4) + (8 \times 4)$

$= 1400 + 640 + 32$

$= 2072$

자, 여기서 마법의 연산법을 생각해 보세요.

단계 ① 십의 자리끼리 곱하기

1단계의 답은 가의 넓이와 똑같지요.

단 계 ② (밖×밖)+(안×안) 계산하기

28 × 74 =

(밖×밖) + (안×안) =

2단계의 답은 **나** 의 넓이와 같아요.

단 계 ③ 일의 자리끼리 곱하기

28 × 74 =

3단계의 답은 **다** 의 넓이와 같아요.

마법의 연산법은 마지막에 같은 열에 있는 숫자를 모두 더하기 때문에
답은 다음과 같아요.

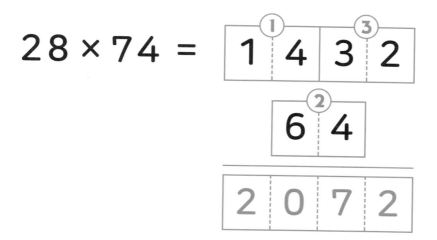

$$28 \times 74 = $$

이것은 가, 나, 다 넓이의 합계를 구하는 것과 같지요.

마법의 연산법은 특별한 풀이를 하는 것처럼 보이지만
사실 직사각형의 넓이를 구하는 과정과 똑같아요.
이게 바로 마법의 연산법의 원리랍니다.

준비 운동 ① 큰 자리 수부터 계산하기

1 연습 문제 (8쪽)
❶ 28 ❷ 29 ❸ 47 ❹ 28 ❺ 19 ❻ 57 ❼ 35 ❽ 87

2 연습 문제 (9쪽)
❶ 79 ❷ 59 ❸ 88 ❹ 76 ❺ 39 ❻ 48 ❼ 72 ❽ 96 ❾ 99
❿ 48 ⓫ 28 ⓬ 38 ⓭ 49 ⓮ 47 ⓯ 62 ⓰ 82 ⓱ 83 ⓲ 57
⓳ 99 ⓴ 49

받아올림이 있는 덧셈의 비결

1 연습 문제 (11쪽)
❶ 40 ❷ 62 ❸ 33 ❹ 41 ❺ 80 ❻ 21 ❼ 60 ❽ 50 ❾ 54
❿ 21 ⓫ 71 ⓬ 32 ⓭ 20 ⓮ 50 ⓯ 21 ⓰ 61

2 연습 문제 (12쪽)
❶ 61 ❷ 62 ❸ 60 ❹ 90 ❺ 91 ❻ 44 ❼ 32 ❽ 102 ❾ 52
❿ 63 ⓫ 40 ⓬ 51 ⓭ 90 ⓮ 70 ⓯ 61 ⓰ 81 ⓱ 90 ⓲ 75
⓳ 58 ⓴ 91

3 연습 문제 (13쪽)
❶ 90 ❷ 61 ❸ 70 ❹ 62 ❺ 102 ❻ 73 ❼ 51 ❽ 120 ❾ 54
❿ 70 ⓫ 34 ⓬ 159 ⓭ 63 ⓮ 31 ⓯ 73 ⓰ 80 ⓱ 62 ⓲ 81
⓳ 63 ⓴ 135

레벨1 **마법의 연산법**

1 **연습 문제** (본문 16쪽)

단계 ① $24 \times 11 = \boxed{2}\ \boxed{}\ \boxed{}$　　단계 ② $24 \times 11 = \boxed{2}\ \boxed{6}$　　단계 ③ $24 \times 11 = \boxed{2}\ \boxed{6}\ \boxed{4}$

$\boxed{2} + \boxed{4} = \boxed{6}$
(밖×밖)　(안×안)

2 **연습 문제** (본문 17쪽)

단계 ① $12 \times 13 = \boxed{1}\ \boxed{}\ \boxed{}$　　단계 ② $12 \times 13 = \boxed{1}\ \boxed{5}$　　단계 ③ $12 \times 13 = \boxed{1}\ \boxed{5}\ \boxed{6}$

$\boxed{3} + \boxed{2} = \boxed{5}$
(밖×밖)　(안×안)

3 **연습 문제** (본문 18쪽)

단계 ① $33 \times 12 = \boxed{3}\ \boxed{}\ \boxed{}$　　단계 ② $33 \times 12 = \boxed{3}\ \boxed{9}$　　단계 ③ $33 \times 12 = \boxed{3}\ \boxed{9}\ \boxed{6}$

$\boxed{6} + \boxed{3} = \boxed{9}$
(밖×밖)　(안×안)

4 **연습 문제** (본문 19쪽)

단계 ① $62 \times 11 = \boxed{6}\ \boxed{}\ \boxed{}$　　단계 ② $62 \times 11 = \boxed{6}\ \boxed{8}$　　단계 ③ $62 \times 11 = \boxed{6}\ \boxed{8}\ \boxed{2}$

$\boxed{6} + \boxed{2} = \boxed{8}$
(밖×밖)　(안×안)

5 **연습 문제** (본문 20쪽)

❶ $23 \times 11 = \boxed{2}\ \boxed{5}\ \boxed{3}$　　❷ $12 \times 23 = \boxed{2}\ \boxed{7}\ \boxed{6}$　　❸ $31 \times 21 = \boxed{6}\ \boxed{5}\ \boxed{1}$

$\boxed{2} + \boxed{3} = \boxed{5}$　　　　$\boxed{3} + \boxed{4} = \boxed{7}$　　　　$\boxed{3} + \boxed{2} = \boxed{5}$
(밖×밖)　(안×안)　　　(밖×밖)　(안×안)　　　(밖×밖)　(안×안)

6 **연습 문제** (본문 21쪽)

❶ $41 \times 21 = \boxed{8}\ \boxed{6}\ \boxed{1}$　　❷ $12 \times 24 = \boxed{2}\ \boxed{8}\ \boxed{8}$　　❸ $35 \times 11 = \boxed{3}\ \boxed{8}\ \boxed{5}$

$\boxed{4} + \boxed{2} = \boxed{6}$　　　　$\boxed{4} + \boxed{4} = \boxed{8}$　　　　$\boxed{3} + \boxed{5} = \boxed{8}$
(밖×밖)　(안×안)　　　(밖×밖)　(안×안)　　　(밖×밖)　(안×안)

7 **연습 문제** (본문 22쪽)

❶ $44 \times 11 = \boxed{4}\ \boxed{8}\ \boxed{4}$　　❷ $31 \times 12 = \boxed{3}\ \boxed{7}\ \boxed{2}$　　❸ $14 \times 21 = \boxed{2}\ \boxed{9}\ \boxed{4}$

$\boxed{4} + \boxed{4} = \boxed{8}$　　　　$\boxed{6} + \boxed{1} = \boxed{7}$　　　　$\boxed{1} + \boxed{8} = \boxed{9}$
(밖×밖)　(안×안)　　　(밖×밖)　(안×안)　　　(밖×밖)　(안×안)

8 **연습 문제** (본문 23쪽)

❶ 11 × 27 = ⟨2 9 7⟩
⟨7⟩ + ⟨2⟩ = ⟨9⟩
(밭×밭) (안×안)

❷ 21 × 12 = ⟨2 5 2⟩
⟨4⟩ + ⟨1⟩ = ⟨5⟩
(밭×밭) (안×안)

❸ 51 × 11 = ⟨5 6 1⟩
⟨5⟩ + ⟨1⟩ = ⟨6⟩
(밭×밭) (안×안)

9 **연습 문제** (본문 24쪽)

❶ 23 × 13 = ⟨2 9 9⟩
⟨6⟩ + ⟨3⟩ = ⟨9⟩
(밭×밭) (안×안)

❷ 12 × 22 = ⟨2 6 4⟩
⟨2⟩ + ⟨4⟩ = ⟨6⟩
(밭×밭) (안×안)

❸ 17 × 11 = ⟨1 8 7⟩
⟨1⟩ + ⟨7⟩ = ⟨8⟩
(밭×밭) (안×안)

10 **연습 문제** (본문 25쪽)

❶ 21 × 21 = ⟨4 4 1⟩
⟨2⟩ + ⟨2⟩ = ⟨4⟩
(밭×밭) (안×안)

❷ 11 × 34 = ⟨3 7 4⟩
⟨4⟩ + ⟨3⟩ = ⟨7⟩
(밭×밭) (안×안)

❸ 18 × 11 = ⟨1 9 8⟩
⟨1⟩ + ⟨8⟩ = ⟨9⟩
(밭×밭) (안×안)

준비 운동 ② (두 자리 수) × (한 자리 수) 연습

1 **연습 문제** (본문 27쪽)

❶ 63　❷ 94　❸ 360　❹ 427　❺ 186　❻ 36　❼ 738　❽ 134
❾ 434　❿ 210　⓫ 182　⓬ 183　⓭ 34　⓮ 273　⓯ 258　⓰ 126
⓱ 208　⓲ 174　⓳ 168　⓴ 365

2 **연습 문제** (본문 28쪽)

❶ 304　❷ 267　❸ 380　❹ 170　❺ 441　❻ 320　❼ 744　❽ 224
❾ 120　❿ 87　⓫ 432　⓬ 387　⓭ 344　⓮ 111　⓯ 207　⓰ 144
⓱ 98　⓲ 130　⓳ 152　⓴ 375

3 **연습 문제** (본문 29쪽)

❶ 252　❷ 399　❸ 152　❹ 336　❺ 504　❻ 294　❼ 136　❽ 145
❾ 228　❿ 280　⓫ 423　⓬ 120　⓭ 783　⓮ 288　⓯ 195　⓰ 102
⓱ 190　⓲ 288　⓳ 684　⓴ 95

레벨 2 **1단계의 답이 두 자리 수인 경우**

1 연습 문제 (본문 34쪽)

❶ 12×16 = | 0 | 1 | 1 | 2 |
| 0 | 8 | | |
| 1 | 9 | 2 | |

❷ 42×35 = | 1 | 2 | 1 | 0 |
| 2 | 6 | | |
| 1 | 4 | 7 | 0 |

2 연습 문제 (본문 35쪽)

❶ 22×53 = | 1 | 0 | 0 | 6 |
| 1 | 6 | | |
| 1 | 1 | 6 | 6 |

❷ 73×24 = | 1 | 4 | 1 | 2 |
| 3 | 4 | | |
| 1 | 7 | 5 | 2 |

3 연습 문제 (본문 36쪽)

❶ 34×26 = | 0 | 6 | 2 | 4 |
| 2 | 6 | | |
| 8 | 8 | 4 | |

❷ 81×32 = | 2 | 4 | 0 | 2 |
| 1 | 9 | | |
| 2 | 5 | 9 | 2 |

4 연습 문제 (본문 37쪽)

❶ 47×36 = | 1 | 2 | 4 | 2 |
| 4 | 5 | | |
| 1 | 6 | 9 | 2 |

❷ 54×83 = | 4 | 0 | 1 | 2 |
| 4 | 7 | | |
| 4 | 4 | 8 | 2 |

5 연습 문제 (본문 38쪽)

❶ 16×18 = | 0 | 1 | 4 | 8 |
| 8 | + | 6 | → | 1 | 4 |
(밖×밖) (안×안)
| 2 | 8 | 8 |

❷ 37×11 = | 0 | 3 | 0 | 7 |
| 3 | + | 7 | → | 1 | 0 |
(밖×밖) (안×안)
| 4 | 0 | 7 |

6 연습 문제 (본문 39쪽)

❶ 44×12 = | 0 | 4 | 0 | 8 |
| 8 | + | 4 | → | 1 | 2 |
(밖×밖) (안×안)
| 5 | 2 | 8 |

❷ 15×33 = | 0 | 3 | 1 | 5 |
| 3 | + | 15 | → | 1 | 8 |
(밖×밖) (안×안)
| 4 | 9 | 5 |

7 연습 문제 (본문 40쪽)

❶ 26×34 = | 0 | 6 | 2 | 4 |
| 8 | + | 18 | → | 2 | 6 |
(밖×밖) (안×안)
| 8 | 8 | 4 |

❷ 25×19 = | 0 | 2 | 4 | 5 |
| 18 | + | 5 | → | 2 | 3 |
(밖×밖) (안×안)
| 4 | 7 | 5 |

8 연습 문제 (본문 41쪽)

❶ 39×41 = | 1 | 2 | 0 | 9 |
| 3 | + | 36 | → | 3 | 9 |
(밖×밖) (안×안)
| 1 | 5 | 9 | 9 |

❷ 49×76 = | 2 | 8 | 5 | 4 |
| 24 | + | 63 | → | 8 | 7 |
(밖×밖) (안×안)
| 3 | 7 | 2 | 4 |

11 연습 문제 (본문 46쪽)

❶ 14×28 = | 0 | 2 | 3 | 2 |
| 8 | + | 8 | | 1 | 6 |
(밖×밖) (안×안)
| 3 | 9 | 2 |

❷ 32×46 = | 1 | 2 | 1 | 2 |
| 18 | + | 8 | | 2 | 6 |
(밖×밖) (안×안)
| 1 | 4 | 7 | 2 |

12 연습 문제 (본문 47쪽)

❶ 75×63 = | 4 | 2 | 1 | 5 |
| 21 | + | 30 | | 5 | 1 |
(밖×밖) (안×안)
| 4 | 7 | 2 | 5 |

❷ 91×68 = | 5 | 4 | 0 | 8 |
| 72 | + | 6 | | 7 | 8 |
(밖×밖) (안×안)
| 6 | 1 | 8 | 8 |

13 연습 문제 (본문 48쪽)

❶ 56×49 = | 2 | 0 | 5 | 4 |
| 45 | + | 24 | | 6 | 9 |
(밖×밖) (안×안)
| 2 | 7 | 4 | 4 |

❷ 77×94 = | 6 | 3 | 2 | 8 |
| 28 | + | 63 | | 9 | 1 |
(밖×밖) (안×안)
| 7 | 2 | 3 | 8 |

14 연습 문제 (본문 49쪽)

❶ 69×87 = | 4 | 8 | 6 | 3 |
| 42 | + | 72 | | 1 | 1 | 4 |
(밖×밖) (안×안)
| 6 | 0 | 0 | 3 |

❷ 91×58 = | 4 | 5 | 0 | 8 |
| 72 | + | 5 | | 7 | 7 |
(밖×밖) (안×안)
| 5 | 2 | 7 | 8 |

15 **연습 문제** (본문 50쪽)

❶ 35×12 = | 0 | 3 | 1 | 0 |
| 6 | + | 5 | | | 1 | 1 |
(밖×밖) (안×안) | 4 | 2 | 0 |

❷ 11×38 = | 0 | 3 | 0 | 8 |
| 8 | + | 3 | | | 1 | 1 |
(밖×밖) (안×안) | 4 | 1 | 8 |

16 **연습 문제** (본문 51쪽)

❶ 21×95 = | 1 | 8 | 0 | 5 |
| 10 | + | 9 | | | 1 | 9 |
(밖×밖) (안×안) | 1 | 9 | 9 | 5 |

❷ 66×43 = | 2 | 4 | 1 | 8 |
| 18 | + | 24 | | | 4 | 2 |
(밖×밖) (안×안) | 2 | 8 | 3 | 8 |

17 **연습 문제** (본문 52쪽)

❶ 22×77 = | 1 | 4 | 1 | 4 |
| 14 | + | 14 | | | 2 | 8 |
(밖×밖) (안×안) | 1 | 6 | 9 | 4 |

❷ 13×62 = | 0 | 6 | 0 | 6 |
| 2 | + | 18 | | | 2 | 0 |
(밖×밖) (안×안) | 8 | 0 | 6 |

18 **연습 문제** (본문 53쪽)

❶ 64×23 = | 1 | 2 | 1 | 2 |
| 18 | + | 8 | | | 2 | 6 |
(밖×밖) (안×안) | 1 | 4 | 7 | 2 |

❷ 38×47 = | 1 | 2 | 5 | 6 |
| 21 | + | 32 | | | 5 | 3 |
(밖×밖) (안×안) | 1 | 7 | 8 | 6 |

19 **연습 문제** (본문 54쪽)

❶ 28×47 = | 0 | 8 | 5 | 6 |
| 14 | + | 32 | | | 4 | 6 |
(밖×밖) (안×안) | 1 | 3 | 1 | 6 |

❷ 15×84 = | 0 | 8 | 2 | 0 |
| 4 | + | 40 | | | 4 | 4 |
(밖×밖) (안×안) | 1 | 2 | 6 | 0 |

20 **연습 문제** (본문 55쪽)

❶ 54×27 = | 1 | 0 | 2 | 8 |
| 35 | + | 8 | | | 4 | 3 |
(밖×밖) (안×안) | 1 | 4 | 5 | 8 |

❷ 88×19 = | 0 | 8 | 7 | 2 |
| 72 | + | 8 | | | 8 | 0 |
(밖×밖) (안×안) | 1 | 6 | 7 | 2 |

21 **연습 문제** (본문 56쪽)

❶ 45×67 = | 2 | 4 | 3 | 5 |

| 28 | + | 30 | | 5 | 8 |
(밖×밖) (안×안)

| 3 | 0 | 1 | 5 |

❷ 21×32 = | 0 | 6 | 0 | 2 |

| 4 | + | 3 | | 0 | 7 |
(밖×밖) (안×안)

| 6 | 7 | 2 |

22 **연습 문제** (본문 57쪽)

❶ 78×91 = | 6 | 3 | 0 | 8 |

| 7 | + | 72 | | 7 | 9 |
(밖×밖) (안×안)

| 7 | 0 | 9 | 8 |

❷ 34×56 = | 1 | 5 | 2 | 4 |

| 18 | + | 20 | | 3 | 8 |
(밖×밖) (안×안)

| 1 | 9 | 0 | 4 |

보너스 인도식 계산법 ❶

1 **연습 문제** (본문 59쪽)

❶ 221   ❷ 1216   ❸ 4209   ❹ 216   ❺ 625   ❻ 9024   ❼ 225

❽ 7216   ❾ 224   ❿ 621   ⓫ 2009   ⓬ 1224   ⓭ 4216   ⓮ 3025

⓯ 4221   ⓰ 609   ⓱ 7221   ⓲ 5609   ⓳ 3024   ⓴ 9025

레벨 3 2단계만 암산하기

1 **연습 문제** (본문 60쪽)

❶ 24×37
| 14 | + | 12 | = | 26 |
(밖×밖) (안×안)

❷ 52×11
| 5 | + | 2 | = | 7 |
(밖×밖) (안×안)

❸ 46×53
| 12 | + | 30 | = | 42 |
(밖×밖) (안×안)

❹ 23×19
| 18 | + | 3 | = | 21 |
(밖×밖) (안×안)

2 **연습 문제** (본문 61쪽)

❶ 15×66
| 6 | + | 30 | = | 36 |
(밖×밖) (안×안)

❷ 31×57
| 21 | + | 5 | = | 26 |
(밖×밖) (안×안)

❸ 17×43
| 3 | + | 28 | = | 31 |
(밖×밖) (안×안)

❹ 28×58
| 16 | + | 40 | = | 56 |
(밖×밖) (안×안)

❺ 25×34
| 8 | + | 15 | = | 23 |
(밖×밖) (안×안)

❻ 71×18
| 56 | + | 1 | = | 57 |
(밖×밖) (안×안)

3 연습 문제 (본문 62쪽)

❶ 41×48
$\boxed{32}$ + $\boxed{4}$ = $\boxed{36}$
_(밖×밖) _(안×안)

❷ 56×22
$\boxed{10}$ + $\boxed{12}$ = $\boxed{22}$
_(밖×밖) _(안×안)

❸ 49×24
$\boxed{16}$ + $\boxed{18}$ = $\boxed{34}$
_(밖×밖) _(안×안)

❹ 37×52
$\boxed{6}$ + $\boxed{35}$ = $\boxed{41}$
_(밖×밖) _(안×안)

❺ 16×89
$\boxed{9}$ + $\boxed{48}$ = $\boxed{57}$
_(밖×밖) _(안×안)

❺ 81×17
$\boxed{56}$ + $\boxed{1}$ = $\boxed{57}$
_(밖×밖) _(안×안)

4 연습 문제 (본문 63쪽)

❶ 29×67
$\boxed{14}$ + $\boxed{54}$ = $\boxed{68}$
_(밖×밖) _(안×안)

❷ 33×48
$\boxed{24}$ + $\boxed{12}$ = $\boxed{36}$
_(밖×밖) _(안×안)

❸ 59×21
$\boxed{5}$ + $\boxed{18}$ = $\boxed{23}$
_(밖×밖) _(안×안)

❹ 43×58
$\boxed{32}$ + $\boxed{15}$ = $\boxed{47}$
_(밖×밖) _(안×안)

❺ 87×13
$\boxed{24}$ + $\boxed{7}$ = $\boxed{31}$
_(밖×밖) _(안×안)

❻ 44×39
$\boxed{36}$ + $\boxed{12}$ = $\boxed{48}$
_(밖×밖) _(안×안)

레벨 4 **마법의 연산법 암산하기**

1 연습 문제 (본문 66쪽)

❶ 29×16 = 0 2 5 4
$\boxed{12}$ + $\boxed{9}$ ┃ 2 1
_(밖×밖) _(안×안)
4 6 4

❷ 21×29 = 0 4 0 9
$\boxed{18}$ + $\boxed{2}$ ┃ 2 0
_(밖×밖) _(안×안)
6 0 9

2 연습 문제 (본문 67쪽)

❶ 26×71 = 1 4 0 6
$\boxed{2}$ + $\boxed{42}$ ┃ 4 4
_(밖×밖) _(안×안)
1 8 4 6

❷ 88×35 = 2 4 4 0
$\boxed{40}$ + $\boxed{24}$ ┃ 6 4
_(밖×밖) _(안×안)
3 0 8 0

3 연습 문제 (본문 68쪽)

❶ 34×55 = 1 5 2 0
$\boxed{15}$ + $\boxed{20}$ ┃ 3 5
_(밖×밖) _(안×안)
1 8 7 0

❷ 32×74 = 2 1 0 8
$\boxed{12}$ + $\boxed{14}$ ┃ 2 6
_(밖×밖) _(안×안)
2 3 6 8

4 연습 문제 (본문 69쪽)

❶ 93×56 = | 4 | 5 | 1 | 8 |
54 + 15
〔밥·밥〕 〔반·반〕 | 6 | 9 |
| 5 | 2 | 0 | 8 |

❷ 78×29 = | 1 | 4 | 7 | 2 |
63 + 16
〔밥·밥〕 〔반·반〕 | 7 | 9 |
| 2 | 2 | 6 | 2 |

5 연습 문제 (본문 70쪽)

❶ 45×63 = | 2 | 4 | 1 | 5 |
12 + 30
〔밥·밥〕 〔반·반〕 | 4 | 2 |
| 2 | 8 | 3 | 5 |

❷ 14×76 = | 0 | 7 | 2 | 4 |
6 + 28
〔밥·밥〕 〔반·반〕 | 3 | 4 |
| 1 | 0 | 6 | 4 |

6 연습 문제 (본문 71쪽)

❶ 51×28 = | 1 | 0 | 0 | 8 |
40 + 2
〔밥·밥〕 〔반·반〕 | 4 | 2 |
| 1 | 4 | 2 | 8 |

❷ 65×32 = | 1 | 8 | 1 | 0 |
12 + 15
〔밥·밥〕 〔반·반〕 | 2 | 7 |
| 2 | 0 | 8 | 0 |

7 연습 문제 (본문 72쪽)

❶ 54×37 = | 1 | 5 | 2 | 8 |
35 + 12
〔밥·밥〕 〔반·반〕 | 4 | 7 |
| 1 | 9 | 9 | 8 |

❷ 84×56 = | 4 | 0 | 2 | 4 |
48 + 20
〔밥·밥〕 〔반·반〕 | 6 | 8 |
| 4 | 7 | 0 | 4 |

8 연습 문제 (본문 73쪽)

❶ 91×42 = | 3 | 6 | 0 | 2 |
18 + 4
〔밥·밥〕 〔반·반〕 | 2 | 2 |
| 3 | 8 | 2 | 2 |

❷ 27×94 = | 1 | 8 | 2 | 8 |
8 + 63
〔밥·밥〕 〔반·반〕 | 7 | 1 |
| 2 | 5 | 3 | 8 |

□의 수를 줄이기

1 연습 문제 (본문 75쪽)

| 5 | 7 |
❶ 72×47 = | 3 | 3 | 8 | 4 |

| 8 | 0 |
❷ 19×88 = | 1 | 6 | 7 | 2 |

| 6 | 0 |
❸ 92×36 = | 3 | 3 | 1 | 2 |

2 연습 문제 (본문 76쪽)

❶ 58×31 = ²⁹1798

❷ 62×19 = ⁵⁶1178

❸ 21×63 = ¹²1323

3 연습 문제 (본문 77쪽)

❶ 45×72 = ⁴³3240

❷ 12×79 = ²³948

❸ 64×89 = ⁸⁶5696

4 연습 문제 (본문 78쪽)

❶ 18×27 = ²³486

❷ 19×38 = ³⁵722

❸ 55×61 = ³⁵3355

5 연습 문제 (본문 79쪽)

❶ 94×26 = ⁶²2444

❷ 51×74 = ²⁷3774

❸ 62×63 = ³⁰3906

6 연습 문제 (본문 80쪽)

❶ 47×81 = ⁶⁰3807

❷ 33×29 = ³³957

❸ 76×14 = ³⁴1064

7 연습 문제 (본문 81쪽)

❶ 92×64 = ⁴⁸5888

❷ 27×88 = ⁷²2376

❸ 11×54 = ⁰⁹594

8 연습 문제 (본문 82쪽)

❶ 58×91 = ⁷⁷5278

❷ 73×55 = ⁵⁰4015

❸ 14×79 = ³⁷1106

9 연습 문제 (본문 83쪽)

① 18×34 = $\begin{array}{c} 2\,8 \\ \hline 6\,1\,2 \end{array}$ ② 31×42 = $\begin{array}{c} 1\,0 \\ \hline 1\,3\,0\,2 \end{array}$ ③ 86×22 = $\begin{array}{c} 2\,8 \\ \hline 1\,8\,9\,2 \end{array}$

10 연습 문제 (본문 84쪽)

① 13×15 = $\begin{array}{c} 0\,8 \\ \hline 1\,9\,5 \end{array}$ ② 99×16 = $\begin{array}{c} 6\,3 \\ \hline 1\,5\,8\,4 \end{array}$ ③ 36×92 = $\begin{array}{c} 6\,0 \\ \hline 3\,3\,1\,2 \end{array}$

11 연습 문제 (본문 85쪽)

① 26×73 = $\begin{array}{c} 4\,8 \\ \hline 1\,8\,9\,8 \end{array}$ ② 61×47 = $\begin{array}{c} 4\,6 \\ \hline 2\,8\,6\,7 \end{array}$ ③ 93×11 = $\begin{array}{c} 1\,2 \\ \hline 1\,0\,2\,3 \end{array}$

12 연습 문제 (본문 86쪽)

① 72×15 = $\begin{array}{c} 3\,7 \\ \hline 1\,0\,8\,0 \end{array}$ ② 64×92 = $\begin{array}{c} 4\,8 \\ \hline 5\,8\,8\,8 \end{array}$ ③ 29×33 = $\begin{array}{c} 3\,3 \\ \hline 9\,5\,7 \end{array}$

13 연습 문제 (본문 87쪽)

① 83×18 = $\begin{array}{c} 6\,7 \\ \hline 1\,4\,9\,4 \end{array}$ ② 12×59 = $\begin{array}{c} 1\,9 \\ \hline 7\,0\,8 \end{array}$ ③ 41×99 = $\begin{array}{c} 4\,5 \\ \hline 4\,0\,5\,9 \end{array}$

14 연습 문제 (본문 88쪽)

① 54×78 = $\begin{array}{c} 6\,8 \\ \hline 4\,2\,1\,2 \end{array}$ ② 19×72 = $\begin{array}{c} 6\,5 \\ \hline 1\,3\,6\,8 \end{array}$ ③ 34×28 = $\begin{array}{c} 3\,2 \\ \hline 9\,5\,2 \end{array}$

15 연습 문제 (본문 89쪽)

① 34×31 = $\begin{array}{c} 1\,5 \\ \hline 1\,0\,5\,4 \end{array}$ ② 22×23 = $\begin{array}{c} 1\,0 \\ \hline 5\,0\,6 \end{array}$ ③ 17×16 = $\begin{array}{c} 1\,3 \\ \hline 2\,7\,2 \end{array}$

16 연습 문제 (본문 90쪽)

❶ 57×52 = $\boxed{2964}$ ❷ 62×63 = $\boxed{3906}$ ❸ 43×45 = $\boxed{1935}$

(4 5)   (3 0)   (3 2)

17 연습 문제 (본문 91쪽)

❶ 87×82 = $\boxed{7134}$ ❷ 73×76 = $\boxed{5548}$ ❸ 29×24 = $\boxed{696}$

(7 2)   (6 3)   (2 6)

18 연습 문제 (본문 92쪽)

❶ 76×83 = $\boxed{6308}$ ❷ 53×14 = $\boxed{742}$ ❸ 89×22 = $\boxed{1958}$

(6 9)   (2 3)   (3 4)

19 연습 문제 (본문 93쪽)

❶ 17×56 = $\boxed{952}$ ❷ 48×91 = $\boxed{4368}$ ❸ 21×86 = $\boxed{1806}$

(4 1)   (7 6)   (2 0)

보너스 인도식 계산법 2

1 연습 문제 (본문 95쪽)

❶ 1001   ❷ 2409   ❸ 2349   ❹ 2916   ❺ 1536   ❻ 2304   ❼ 3481

❽ 1909   ❾ 2501   ❿ 1764   ⓫ 2704   ⓬ 3381   ⓭ 2349   ⓮ 2816

⓯ 1425   ⓰ 2604   ⓱ 2236   ⓲ 2201   ⓳ 2964   ⓴ 2709

최종 테스트 ① (96쪽)

❶ 1519 ❷ 1700 ❸ 2124 ❹ 1107 ❺ 4472 ❻ 900 ❼ 2331
❽ 588 ❾ 2852 ❿ 6290

최종 테스트 ② (97쪽)

❶ 4743 ❷ 1645 ❸ 1095 ❹ 1972 ❺ 4428 ❻ 1512 ❼ 2772
❽ 1064 ❾ 2769 ❿ 1428

최종 테스트 ③ (98쪽)

❶ 1380 ❷ 1634 ❸ 1938 ❹ 1026 ❺ 1794 ❻ 3952 ❼ 2002
❽ 3243 ❾ 2537 ❿ 3610

최종 테스트 ④ (99쪽)

❶ 1764 ❷ 2728 ❸ 1066 ❹ 2772 ❺ 658 ❻ 1392 ❼ 1113
❽ 3496 ❾ 3124 ❿ 1885

최종 테스트 ⑤ (100쪽)

❶ 1175 ❷ 608 ❸ 1974 ❹ 4964 ❺ 2668 ❻ 4896 ❼ 1305
❽ 966 ❾ 2592 ❿ 1541

최종 테스트 ⑥ (101쪽)

❶ 3192 ❷ 1938 ❸ 3404 ❹ 1764 ❺ 1715 ❻ 4544 ❼ 3588
❽ 1189 ❾ 2622 ❿ 6882

최종 테스트 ⑦ (102쪽)

❶ 1328 ❷ 1634 ❸ 3220 ❹ 2294 ❺ 3276 ❻ 1242 ❼ 2242
❽ 3956 ❾ 1672 ❿ 4662

최종 테스트 ⑧ (103쪽)

❶ 3015 ❷ 2047 ❸ 4368 ❹ 714 ❺ 1068 ❻ 1161 ❼ 2795
❽ 1728 ❾ 420 ❿ 3360

최종 테스트 ⑨ (104쪽)

❶ 3102 ❷ 2047 ❸ 2184 ❹ 2844 ❺ 4032 ❻ 5460 ❼ 1363
❽ 1976 ❾ 1922 ❿ 3486

최종 테스트 ⑩ (105쪽)

❶ 3876 ❷ 1200 ❸ 2847 ❹ 1484 ❺ 6072 ❻ 4187 ❼ 2928
❽ 2448 ❾ 8084 ❿ 2652

보너스 인도식 계산법 ❸

1 연습 문제 (본문 107쪽)

❶ 13×15 = 195

(13 + 5) × 1 = 0 1 8
3 × 5 = 1 5
1 9 5

❷ 34×31 = 1054

(34 + 1) × 3 = 1 0 5
4 × 1 = 0 4
1 0 5 4

125

| 저자 |

고노 겐토(河野玄斗)

1996년, 가나가와 출생. 도쿄대학 의학부 졸업.
재학 중에 사법 시험, 의사 국가시험에 합격했다. 2022년에는 공인회계사 시험에 합격
하여 3대 국가 자격을 제패했다.
현재는 교육 회사 대표가 되어 등록자 수 140만 명이 넘는 YouTube 채널 'Stardy-고노
겐토의 갓수업'을 운영하는 외에도 수험 입시 학원인 '고노 학원 ISM' 이나 공부 굿즈
브랜드 'RIRONE'을 세우는 등, 수험생의 지지를 모으고 있다.

| 역자 |

김 소 영

김소영은 다른 나라 언어로 그려진 책의 재미를 우리나라 독자에게 전달하고자 하는
마음으로 번역을 시작했다. 저자의 색깔에 녹아든 번역을 추구한다. 엔터스코리아에서
일본어 번역가로 활동 중이다.

1판 1쇄 인쇄 | 2025년 3월 14일
1판 1쇄 발행 | 2025년 3월 26일

저　자 | 고노 겐토(河野玄斗)
감　수 | 김준
번　역 | 김소영
발행인 | 심정섭
편집인 | 안예남
편집장 | 최영미
편집자 | 박유미, 정다희
디자인 | 김윤미
브랜드마케팅 | 김지선, 하서빈
출판마케팅 | 홍성현, 김호현
제　작 | 정수호

발행처 | (주)서울문화사
등록일 | 1988년 2월 16일
등록번호 | 제2-484
주　소 | 서울특별시 용산구 새창로 221-19
전　화 | 02-791-0708(판매)　02-799-9171(편집)
인쇄처 | 에스엠그린
ISBN | 979-11-7371-402-3
　　　 979-11-7371-403-0(세트)

어서 보러 오개~
강아지 정보
네 가지를 모았다멍!

온 세상 반려가족 필수 반려동물 교양만화

Bemypet
비마이펫

멍냥연구소 1~10

온 세상 반려가족 필수 반려동물 교양만화

Bemypet
비마이펫

멍냥연구소 10

원작 비마이펫 만화 구성 박지영

초보 집사와 예비 집사, 다 모여!
멍냥이 종합 상식 이야기!!

서울문화사

집사가 되고 싶냥?
고양이 정보
네 가지부터 보라옹!

원작 비마이펫 **만화 구성** 박지영 **값** 13,000원

강아지, 고양이와 행복한 일상을!
나의 멍냥 집사력을 알아보고 싶다면, 멍냥연구소로 출발~!

강아지
연구소

고양이
연구소

멍냥이
상식

©BEMYPET

구입문의: 02-791-0708 서울문화사